獻給川川與三三

也等雨停 也在雨中行

有故事相伴的日常小劇場，海狗房東的繪本生活札記

海狗房東 —— 著

像我這樣的一個房東

無租金可收的房東還能算是房東嗎?

我沒有多餘的房產可供租賃,只是打從與狗同住,狗是房客,我自是房東,後來也將這兩字冠上狗名當作網路上的化名,再又成為筆名。因工作相識的人,多半就喚我為房東了。

母親說我兒時曾發過豪語:「長大要賺大錢,買很多房子當房東。」那是幼稚園大班或剛上小學的年紀吧,絲毫沒有置產理財概念的小孩,只是跟著家人輾轉換了幾間租屋之後,終於遇上天使房東。已過了繳租期限的某日,門鈴響起,房東不僅沒有擺臉色催繳租金,還送來肉鬆、香腸與笑盈盈的關心。

究竟是因為難得吃到的肉鬆和香腸太美味,讓我以為只要當上房東就吃不完這一味?或是感受到房東的善意,也想成為那麼好的人,於是立定如此罕見的志願?或許以上皆是,想吃好吃的,也想成為一個好人。

說是豪語，其實也不過是童言。

時至今日，我依舊沒有能力購屋，當一個送房客肉鬆、香腸的房東，至少故事也近似一個可以容納人、款待人的空間，如村上春樹所言：「編故事說起來，類似製作自己的房間。把房間設置好了，邀請人來，坐在舒服的椅子上，端出可口的飲料，讓對方非常喜歡這地方。讓對方感覺那裡就像完全為自己而準備的地方似的。」這些年，我翻譯故事、說故事、寫故事，亦是在蓋房子，也蓋了不少「故事宅」，自稱房東也不算是大話了。

最初只是帶著玩心取的名，日後和童年往事聯想在一起，竟像是一種命中注定。

幾度有歲數與我當年立志當房東時差不多大的孩子，好慎重的告訴我，他們以後也要當「海狗房東」，看來我也送出滋味難忘的肉鬆和香腸了啊。我因此想寫一本書，寫像我這樣的一個房東，如何停停走走，如何受故事照拂，如今坐擁無數的故事宅，可自

住亦可供人安居。

《也等雨停也在雨中行》如書名副題，有時寫日常及旅途中帶著故事氣息的所見所感、眾生的微憂與薄光，有時則是因為某一本繪本勾起了一段回憶，便將它們編織在一起；另有一些是改寫自近幾年為了介紹繪本所寫下的字，或裁剪曾刊載在網路專欄如迷誠品、okapi 閱讀生活誌、安可人生「後青春繪本館」等處的書評書選之文。

書中分為「河流」、「樹洞」、「複眼」、「地下莖」四個部分。繪本是「河流」，滋潤尋常日子也流向四方，這一輯寫的是生活與旅行；繪本是「樹洞」，禽鳥或小獸可棲身其中，也能單方面收納人心之中的不可承受之重，這一輯多半關於回憶與生命大事；繪本是「複眼」，這一輯先是寫人——社會性的人、創作之人及其筆下之人，另也微觀幾本書，透過不同的人與書，以更細密廣布的視角接收世事，如有複眼。

最後一輯是「地下莖」，相對前三輯，篇幅與規格都比較野，是從繪本的某些芽眼蔓延增生而來的，例如〈拾字〉；並也嘗試做出異質性更高的連結，如〈繪本占卜〉和〈原來是論文啊我還以為是小說〉。

在每一篇文章之前，都有一句、一段引文，皆與繪本、故事或寫作有關，是我長時間採集來的，出自大江健三郎、佐野洋子、河

合隼雄、是枝裕和、林良、甘耀明、吳明益、佩索亞、班雅明、尼爾‧蓋曼、賈桂琳‧伍德生等數十位不同領域的作家之手。這些引文可以獨立出來看，但也都與該篇文章有相當程度的呼應，也是一種地下莖式的存在，無法辨識出明顯的起點和終點，沒有單一的標準和去向，不可預測，豐盛滋長……

像我這樣的一個房東，這也是我在每一戶故事宅前院附上的家庭菜園，這麼好的住處哪裡找？包水電、附家具，偶爾還會送上肉鬆和香腸，抑或素鬆和麵腸。

歡迎入住。

目次

人說故事，故事才會活起來。要是沒人高聲誦讀，沒人躲在毯子底下，就著手電筒光，睜大了眼專注閱讀，那麼在我們的世界裡，故事並不存在。故事好似啣在鳥喙裡的種子，等候落地入土；像樂譜上的音符，渴望樂器將其帶進世間。故事潛伏靜待，期盼現身的時機。一旦有人閱讀，故事就會開始變化，在想像力中生根，讓閱讀的人改頭換面。

——約翰・康納利《失物之書》

無阿彌

一百多年來，不斷有人重寫《愛麗絲漫遊奇境》（或譯《愛麗絲夢遊仙境》），為它繪製全新風格的插畫，開枝散葉出不少版本。成年後，我首次再讀的應是安東尼・布朗的繪本濃縮版，他的圖以超現實風格聞名，為這個經典故事更添幻境氛圍。近日又有幾個版本相繼中譯上市，知名文具設計品牌 Rifle Paper 的版本明亮清新；創造出姆米（Moomin）的朵貝・楊笙所畫的版本富有古典的魔幻氣息；繪本大師羅伯・英潘的版本既現實又迷離，氣蘊真能催眠讀者穿入奇境。

一時興起，我將幾個版本對照著讀，不僅圖畫不同，譯文也有些許差異，宛如走進一個以「愛麗絲漫遊奇境」為題的萬花筒裡，興奮的腳步停不下來，直到〈假海龜的故事〉那篇的某個段落，公爵夫人說：「萬事萬物都有它的道理，就看你能不能體會。」自以為是道理的歪理滔滔不絕，愛麗絲聽得頭昏眼花，試著保持禮貌打斷對方，未料公爵夫人更加自滿說：「我剛剛講的每句話，都可以當作禮物送給你。」

即使公爵夫人的道理如此荒謬，但那幾句話也將我推回過去，想起某次我在山路上得到某種荒謬而神祕的禮物，就像公爵夫人說的那樣。

父母家後山路邊的電線桿幾乎都被人貼上一張長條紙，印有「南無阿彌陀佛」六個墨黑大字，佛號旁還有一行細體紅字：「請常念，消罪業，增福慧」。這在臺灣無論城鄉都不罕見，不過，見久了，即使在眼前也視而不見了。倒是父母家後山有一張紙的「規格」特別不同，每每經過，都不禁注目。

那張紙上原本也有南無阿彌陀佛六字，卻因為先前覆蓋在上面的另一張廣告紙遭人撕去，去頭截尾僅剩「無阿彌」，三個大字旁依舊有「請常念，消罪業」六個小紅字，初次看見，覺得有趣，便跟著「指示」一路誦唸「無阿彌」。原意是玩笑，但唸著唸著，感覺這剩下的三個字和完整的六字其實無二無別。

有點像人生。無論是身上、心裡被什麼不快意的事，或者被你一直以來以為可以信賴的人剝除了一部分，變得不太完滿，甚至傷口從此留下不平整的缺陷，或許未必全然不好，且看這一小張勸人淨化口業與意念的紙，雖有殘缺，但相較於其他，反而更能夠發聲。

後來又過了一段時日，不知道是哪位善心人，以一張嶄新的紅紙，手寫南無阿彌陀佛完整六字蓋住「無阿彌」，雖是善意，但

也像是粗糙的整型手術，不如保留原貌。

上坡再走幾步，心裡正為「無阿彌」不復存在感到可惜，反覆誦唸幾次後，竟又覺得這樣的改變沒什麼好執著，畢竟，什麼模樣才是原貌，誰知道？或許，再經歷幾場風雨，紅紙脫落，「無阿彌」就又現身了。再次現身，也許還會妝點些殘餘的紅，變得愈發好看也說不定。

萬事萬物都有它的道理。請常唸，無阿彌。

我們的一生是由無數的故事組成的。我們的記憶並不是過去無數冷冰冰的時刻累積成的，而是我們生命中某些挑選出來的時刻編織成的故事。那也就是爲什麼，儘管有很多人共同經歷了同一件事，可是每個人說出來的故事都不一樣。每個人挑選時刻的標準都不一樣，而說出來的故事會反映出我們的性格氣質。

——姜峯楠《呼吸》

年前

為親子雜誌撰稿推薦農曆年繪本，也選了 Winnie the Witch 系列的《巫婆阿妮過新年》，系列首作出版於 1987 年，後來陸續推出的故事也都很受孩子歡迎，根據統計，這系列繪本在全球已售出超過九百萬冊。交出文稿之後，我也總算開始年前的大掃除，真實生活無法像巫婆阿妮只要揮一揮魔法棒，就能輕輕鬆鬆把家裡變得清潔溜溜，人生之難，最難在於不能輕易跳過任何不想面對的事。尤其我在月初才請清潔隊運走幾座舊櫥櫃，經年堆置在抽屜中的文件、魚雁、各種小物傾巢而出，整理的進度猶如龜速。

先是因為幾袋特別收好的信和卡片，吸引我一面讀一面往鎖在裡頭的昔日走去，回憶途中每逢岔路又拐進去看，回神時已經過了好幾個鐘頭。

峰峰相連的文件和過去留存的研究文獻幾乎都要回收，一本《跟雲門去流浪》竟夾藏在紙堆裡，書籤依舊在我當時指定的兩頁間站崗，翻開來一看，這頁只有林懷民先生帶舞團在倫敦演出時寫

下的短短幾行字：

「臺北傳來消息：美香兩天前平靜往生了。全團久久黯然。舞者跳出前所未有，氣象萬千的〈狂草〉，觀眾沸騰。」

是什麼原因讓當時的閱讀進度止步在這裡已無法得知，但重讀的當下，仍可以想像這一場令觀眾沸騰的演出。一位資深舞者的死不如煙，是火苗，點燃一場燦爛的煙花。

接著又發現一只飽滿的小紙袋，裝有東京淺草寺和京都三十三間堂的兩枚御守，當時我從未踏出國門，日本和任何異國對我來說都是遙不可及的遠方。隨御守而來的關愛多麼輕軟而厚實，令我想起時常記掛我的至親摯友，也想起彼時自己如鹿那樣容易受到驚擾，唯有掩蔽在濃霧中才覺得自己得以活下去，一如許悔之的詩〈有二鹿〉其中兩行──霧是一條路，霧是鹿的衣服。

走走停停的整理工作，真像老人家走幾步路就要倚著牆或樹喘氣調息，歇著歇著眼神便失了焦，一旦進入回憶中又健步如飛，再回神已向人生的上游走得老遠。

整理的工作說是走走停停，卻是停的時間多，走的時間少。但這些頓停點上所做的事如看信啊，如重讀你曾在書中畫線或貼了標記之處，也都是年前掃除工作的一環，這些事對於整理工作而言不是干擾，而是極其重要的一環。正是因為有了這些頓停，才讓年前的這一番折騰，不僅是掃除，更是收拾。

掃除，既是掃淨，也是移除，總是傾向刪減，為眼下的舒坦付出勞力；收拾，收納物件的同時也拾獲回憶，是歸檔、留存、保守，並妥當放進心裡，是為將來的路途做好準備。

來年的身心要清爽，必須透過一場掃除；當下的身心要踏實，則必須好好收拾。這麼一來，年前的整理工作難免走走停停。如果以四季比喻人生，年紀愈長愈是走向秋冬，整理屋內停下來稍歇的時間，必然會像跨過夏至之後的夜晚，愈來愈長吧。

瑪麗安，你知道嗎？我已不想站在對的一邊

我祇想站在愛的一邊

——楊澤《薔薇學派的誕生》

狗派的搖擺

當你慎重的，給動物取一個名字，那麼，兩個物種、兩條生命，即刻就以隱形的墨水訂下契約，有一條無形的絲線將雙方彼此繫連。

就像我的海狗小姐，在海邊遇見時，最初只是隨口喚牠小狗，而後是小黑；叫黑狗小黑，大抵等同早年農村女嬰被勞苦營生的雙親喚作罔市，眼下姑且餵養，無法保證將來。幾日後，小黑仍沒有離開，見到我走出室外就緊緊跟隨，身旁的人常說我叫黑狗小黑太無趣，我本也不在意，某日卻認真思考起來，在幾個字詞之間揀選，最後給牠取了一個名字。說出口之後，便察覺這段關係已然確定下來。

我一直很想寫一個有關名字的故事，但是某次專研日文繪本的友人推薦我讀當時甫在日本出版的《沒有名字的貓》，簡單的故事帶給我莫大的感動，程度之大，甚至讓我覺得關於名字，最好的故事，已經有人寫出來了。直到中文版出版，時隔兩年再讀，我依舊沒有改變這個想法。

《沒有名字的貓》的作者竹下文子早已是知名且資深的兒童文學作家，文字樸實無華卻經常透出暖意，即使是以交通工具為主題的繪本作品都能如此，更何況是此書以貓為主角。《沒有名字的貓》同樣不潑灑華美的文字，但通篇讀完，追尋之美，緣分之美，恆留讀者心中。

封面上，一隻虎斑貓以哈密瓜色的靈動雙眼仰望讀者，故事還未開始，就彷彿有話要說。翻開書，故事文字確實也是以這隻貓為第一人稱訴說。第一頁，牠這麼自我介紹：「我是貓，一隻沒有名字的貓。從來沒有人給過我一個名字。小時候，就是隻『小貓』。長大了，就被叫做『貓』而已。」

牠的語氣貌似平靜，但只要繼續讀下去，便能漸漸感受到牠的渴望有多深，渴望一個名字，也渴望得到一個名字所象徵的意義，即使牠一開始並不自知。

繪者町田尚子擅長畫貓、畫人、畫怪談，她筆下的角色，無論是貓、是人或是妖，都很有靈氣，角色雖然固定在紙頁上，卻能讓讀者闔上書之後，仍隱隱感覺他們依舊在紙頁間活動，故事文字之外的情節也會繼續上演。

我一直以為自己是堅定不移的鋼鐵狗派，然而，有一次同時要交兩篇各自介紹狗繪本和貓繪本的專欄文稿，在書櫃巡查點兵，才驚覺我的貓書數量竟然與狗書不相上下，甚至還沒有一本狗書能

像《沒有名字的貓》這樣讓我頻頻重讀。我，已經不知不覺成了一個立場搖擺的狗派，沒有貓主子卻也是半奴。有那麼一瞬間，一波歉疚感襲來，不過，也就只在那麼一瞬間。

雖然我是狗派，且這本繪本的主角是貓，但故事裡的情感那麼真摯、深刻……

事到如今，無論是中間偏狗，抑或是中間偏貓，未必要在兩者之間選邊站，站在愛的那一邊就好。

因爲純眞，所以能夠捕捉事物眞正的美趣，不受現實的影響；因爲純眞，所以能夠以誠意交換誠意，不受利害的影響；因爲純眞，所以能夠珍惜美好的事物，長長久久，不受時空的影響。在兒童文學世界裡，純眞就是美。

——林良《純眞的境界》

蘭嶼大風

秋意宜人，和幾位從「天真歲月人真瘦」年少時代一路走來的朋友，趁連假飛去蘭嶼，卻也在蘭嶼飛。

島上的風實在暴烈得嚇人，即使早知每年十月至隔年三月近半年的日子裡，受季風影響，小小海島難免風大，但實際搭小飛機在風中搖搖晃晃驚險降落，租借機車代步於約莫臺北市六分之一大的島上，三十八公里長的環島公路沿途，狂風如老天揮鞭，受風鞭策的我們成了奔騰的馬。如果機車加裝上帆或是翼，豈止奔騰，甚至可以飛起來吧。

尤其北面朗島部落一帶，突來的陣風威力不遜於颱風，有時一個轉彎，順風轉為逆風，原本的快馬瞬息成龜。在逆風中，不禁想像……強勢的風迎面撲打過來，一如凶悍之人衝著你來，即使糾纏著你，指著你的鼻子、朝你丟擲凝固成鉛塊的字句，也不要跟他吵。

既然遇上躲不開的隨行風，無論騎車或是步行，只能將身子放低、再放低，不是示弱，是要讓自己站得穩。若心能夠不隨之

起伏躁動，反倒能在隆隆風吼與風力的推擠挑釁中獲得很深的沉靜；逆風的步履雖然難以前行，但可以回歸內裡，屬於心和靈的旅次反而能夠跨步健走，走得心無旁騖。

相較在順風中被推著走，我更偏好在逆風中俯首，有力氣頂撞就繼續走，力氣用盡，就微微向前傾，暫時將自己交託出去，無形的風反而可以讓你依靠著休息。

《小象的風中散步》是中野弘隆繼 1968 年《小象散步》後，時隔近四十年再推出的系列之作，這中間還有一本《小象的雨中散步》，全系列一概語境純真，語調輕快，雖然是偏向幼兒程度的故事，大人讀來卻也歡暢舒心。我尤其喜歡《小象的風中散步》，畫中的風之強勁，肉呼呼的幾個故事角色也招架不住，牠們推著彼此前進，竭盡氣力、狼狽的模樣，完全沒有散步該有的悠哉。我初次為孩子說這個故事時，自己都笑個不停，除了受到孩子的笑聲感染，也想起多年前和老朋友在蘭嶼的風中散步。

蘭嶼在我印象中是達悟之島、飛魚之島、羊之島，也是風之島，當然，必定也有晴好爽朗的日子。彼時在蘭嶼，東北季風也才初來乍到，偶爾也有風和日麗的空隙，但那趟旅行的記憶，我最想珍藏的卻是有強風隨行、不得平靜的片段。

當年，剛進入職場幾年的幾人壓力都很大，據聞在發呆亭最宜放空發呆，我們特別飛往蘭嶼，也終於在風雨中抵達一座發呆亭，

盡可能全身放鬆放軟看海。但風勢助陣，波濤看來怒不可遏，實在鬆不下來，便集體平躺下去。身穿黃、白輕便雨衣的我們，雨衣被風灌得鼓脹……

「快把我們放鬆發呆的樣子拍下來啊！」忘了是誰在風中嘶吼提議，心想拍完照就要逃回住處避風，按下快門後一看，我們真像是幾顆剛蒸熟的肉包和臺中名產檸檬蛋糕。

真是狼狽！不過，這狼狽絲毫沒有一點不堪，旅途中尚且堪得起的狼狽，當下是掃興或是險趣，日後也都是回憶的陳年佳釀了。

我不是用葡萄牙文寫作。我用我自身的全部來寫作。

——費爾南多 · 佩索亞《不安之書》

里斯本印象

里斯本有什麼？人們最有印象的，可能是溫德斯電影《里斯本的故事》中綿延不絕的坡道和階梯，電影裡聽過的民謠法朵（Fado），花磚，或鵝黃色的路面電車，也許還有貝倫區著名的葡式蛋塔。

自里斯本歸來後，我最忘不了的里斯本印象則是三位老太太。

里斯本有三個主要的火車站，我從北方大城波爾圖（Porto）前往這座首都，會先抵達東方車站（Oriente），不過，我應該要在下一站聖阿波羅尼亞站（Santa Apolonia）下車，卻因兩個站名之前都冠上 Lisboa，一聽到廣播中有這個關鍵字，便起身去取行李箱，在車門邊悠悠哉哉等下車。

三位老太太出場了。

她們提著大包小包走出車廂，見到我就熱情問候，問我來自何方，打算去哪些景點，甚至問了我的名字；我見她們三人長得真像，想起繪本《Sebastian and the Balloon》中的三姊妹，便入

戲說我叫 Sebastian，反正一期一會，我在臺灣名叫什麼不重要，在那當下，我就想當 Sebastian。

我下車後，也回頭幫她們將行李袋接過來，並伸出手臂讓她們扶著下車。她們的東西並不重，但列車的階梯段差很大，月臺間隙也很寬，我看著她們手足無措的樣子，無法不管。

「Obrigado! Sebastian, Obrigado!」

她們朗朗道謝，這個字我懂，這是到異國必須牢記的幾個單字之一，且葡語的「謝謝」聽起來和日語很像，很好記。

都下車了，正要揮別，我才發現，她們身後柱子上標示的站名和我車票上的不同，她們見我臉色一變，都靠過來看我手上的車票，隨即發出驚呼，比手畫腳要我趕快再上車。月臺間隙依舊很寬，列車的階梯段差還是那麼大，裝了數十本書的行李箱竟然卡在間隙，怎麼使力都拉不上來。

忽有一股推力。我回頭一看，三位老人家正使勁推著我的屁股和行李箱，同時發出吃力的悶哼。我很感動，卻又好想笑。其實從東方車站要到市區也不難，只是需要多轉幾趟地鐵，但身後有這幾雙賣力的推手，我只能前進，不能選擇放棄。待我終於把行李箱喀啦喀啦拉上車，車門也將關上。要道謝啊，我一急，竟連連以日語對她們說謝謝。隔著玻璃窗，我看見三位老太太笑容滿面，一邊激動鼓掌，一邊向我用力揮手，然後，我才察覺剛剛脫

口說出的是ありがとう，而非 Obrigado。

抵達里斯本的第一時間，因為這一陣糊塗慌張，雖不如預期悠哉，但也是善哉善哉，喜哉樂哉。

回到臺灣不久，《Sebastian and the Balloon》的正體中文版也以《小杉和熱氣球》為名出版，時間點真巧。我在書店裡發現新書上架，書中的三位老太太，又將我的里斯本印象召喚回來。

常有人問我，孩子可以在繪本中學到什麼，或大人讀繪本有什麼用處，其實不必那麼嚴肅看待，就像《小杉和熱氣球》的故事內容，與我在這趟旅途中的驚險一瞬無關，場景設定也不在里斯本，但它卻為我的里斯本印象保鮮，足矣。

想當初慌亂之際，無法與三位老太太合影留念，我便將書中 Sebastian 和三位老太太同框的圖，當作是我們彼時留下的合照了。

故事儘管形態不斷變化，但主題卻是令人訝異地恆

常不變，它同時不斷以挑戰性的方式暗示我們，那

尚未經歷的，遠比我們所能知道的還要多得多。

————喬瑟夫・坎伯《千面英雄》

沙畫

劇場出身的 Jessica Love，以繪本處女作《胡利安是隻美人魚》獲得波隆那書展拉加茲獎年度新秀獎，書中的情節和角色的神情也極具劇場張力。故事裡的男孩愛極了美人魚，渴望自己也能像她們一樣美，他以巧思巧手讓自己變身為美人魚，姿態千嬌百媚。

男孩的祖母撞見了，神色嚴肅，不發一語轉身就走，讀者揪心緊張片刻後，再翻頁，祖母遞給男孩一串珍珠項鍊，讓男孩看起來更像美人魚；她給孩子的，不只是人魚公主的裝扮與加冕，更是不帶批判的愛。不禁想起電影《月光下的藍色男孩》，若電影主角在童年時能有這樣的愛，一切是否會不同呢？

《胡利安是隻美人魚》原畫選用土褐色牛皮紙，黃沙般的質地，也讓我憶起另一個曾在大吳哥城偶遇的少年。

大吳哥城古建築群相當多，一連幾天下來，雖看不膩，卻也不願再趕路，進到不同的遺跡也不細看，有時抵達原要探訪的地點也不下車，直接請嘟嘟車駕駛繼續往前開。梭巡於廣袤的遺跡叢林

間，在四面無遮的車上感受風沙刮過皮膚，留下一些沙粒在汗濕黏膩之處，想像時間層層疊加在自己的身上，也是一種觀看古蹟的方式。

某天早上，才要離開寶劍寺（Preah Khan），跨出傾頹的西側門樓，距離與嘟嘟車駕駛約定的出口還要走過一條長長的黃沙道，有個少年就坐在沙地上，幾乎擋在路中央。

少年身邊沒有竹籃，地上沒有擺攤，別無他物，既然不是兜售紀念品或飲料的小老闆，在這裡做什麼呢？

要離開此地必得經過他，少年靦腆，沒要我留下買路財，他躲過我的問候，垂眉盯著自己眼前那一方黃沙，我隨他眼神落定的方向一探，沙地上有一尊好美的頭像。

「Apsara?」少年聽我詢問，微笑點點頭。

「阿普莎拉」（Apsara）仙女在吳哥千年的石牆上處處可見，有萬種神態；少年以沙地為紙，以指尖為筆所畫的阿普莎拉躺臥在地，怡然凝視前方，線條俐落，沒畫上多餘的珠寶嚴飾，也不似一般阿普莎拉隨時要翩然起舞的婀娜風姿，反而一派尊貴安閒。

若非人為蓄意破壞，鑿刻在巨石上的阿普莎拉可以千年不毀；勾繪在沙土上的阿普莎拉卻禁不起一陣風、一場雨，或一個無心踐踏的腳步，至多一日便要灰飛湮滅。但無論是工匠精雕飛舞千年

的仙女群像，或少年信手畫下僅有旦夕之命的沙畫，刻在我記憶中的深度並無差別。

我請少年教我畫，追隨著他手指落下的路徑臨摹。同樣是沙地上的阿普莎拉，他的仙女神色自若，靜定莊嚴，我的仙女卻現出天人五衰之相，當真是灰頭土臉。我看著畫自嘲，少年倒是慷慨展露皓齒，對我伸出大拇指。

道別之後，我在十多公尺外的出口前回頭望向少年，長路上只有他一人，他已起身，手足輕舞，儼然就是他畫的阿普莎拉自沙地脫出，不怕風雨摧殘，不會再遭誰踐踏了。

每個人的故事都重要，都是永恆、神聖。任何人只要活著並履行大自然的意志，他就是一種傳奇，值得佩服、尊敬……每個人的生命代表一條通往他自己的道路，代表他在這條路上所做的嘗試，代表他在幽微小徑中得到的啟示。

——赫曼‧赫塞《徬徨少年時》

進香

我很喜歡看佛像，特別愛日本各地的佛像，不僅造型變化多，有許多更是依據故事來造像。例如奈良中宮寺的彌勒菩薩（一說為如意輪觀音），身材穠纖合度，氣質中性，與我們以往印象中的福態大叔完全不同。祂半跏而坐，一手輕觸臉頰如初綻的花苞，面露靜謐微笑，彷彿長久思索如何度化芸芸眾生，終於浮現絕好的法門，預見美好的未來。據說此彌勒菩薩因為笑容溫婉神祕，有「東方蒙娜麗莎」的美稱，名列世界三大微笑，川端康成也在《古都》中用以比擬千重子小姐的氣質靜美。

還有，京都永觀堂的回望彌陀，佛顏竟不朝向正面，而是轉頭望向左後方，典故是顧念修行腳步落後的禪僧，因而慈藹回首叮嚀「快跟上」。

以往外公、外婆農閒時會參加進香團，觀光休閒兼祈求闔家平安，五穀豐收，六畜興旺。我多次去古都奈良、京都，最常造訪的也是各處寺院，一站又一站，可謂是見佛自由行，近似進香。

最近一次京都進香，「目的佛」在金戒光明寺半山腰墓園裡，那

是一尊髮量如山、貌似戴上厚厚毛線帽的阿彌陀佛，更準確的說，是修行破關成佛前的阿彌陀佛，因為入定思考如何打造佛國淨土，一想就過了「五劫」之久。此一造型的佛像名為「五劫思惟阿彌陀佛」，最著名的是奈良東大寺五劫院和十輪院的兩尊。「劫」是佛典中的時間單位，據我查到的數字，一大劫等於 13 億 4384 萬年，五劫還要乘以五，都超過 60 億年了。60 億年沒有理髮，難怪會有這麼一頂爆炸頭。雖然我在行前已看過照片，但實際參見，還是忍不住「卡哇矣」脫口而出，在蕭靜的墓園對佛像大呼可愛，也是難忘的經驗。

造型特異的佛像除了有藝術之美，還有故事性，不是至高至尊、遙不可及的存在，而是一個個說故事的人，可親可愛。因此，《大佛運動會》是我私心非常喜歡的繪本，故事裡的十方諸佛、菩薩、天神，分為紅白兩隊，卯足全力比賽，主角是奈良東大寺知名的大佛，因體型巨大（實體高度 48 公尺），吃了不少苦、鬧出不少笑話。

續集《大佛的夏日祭典》更加人性化，神佛都穿上紋樣好看的浴衣，有些依各自的特長擺攤，其他則是悠哉吃喝玩樂。主角大佛依舊因為體型巨大，不僅難以融入現場，還一度造成場面混亂，險些毀了祭典。不過，結局如同前作，大佛意外發現屢屢製造麻煩的體型別有用處，圓滿收場。

無論日本古佛像，或是這兩本大佛繪本，都展現出佛像故事化、

生活化的開放態度，且這系列繪本的畫家中川學本職正是淨土宗僧侶。眾生在人間難免跌跌撞撞，佛猶如此，不只是詼諧的故事，也是慈悲的示現。

如是我聞，人生實難佛亦難，難行能行，天生我佛必有用。

現在時機到了，我可以透過閱讀那密密聚在一起的文字去尋回當初我在窗邊無以聽清的故事。我在書中遇見的遙遠異邦，就像雪片一樣親暱地交互嬉戲。而且因為當雪花飄落時，遠方不再向遠方去，而是進到了心裡，所以巴比倫和巴格達，阿庫和阿拉斯加，特羅姆瑟和特蘭斯瓦爾便都在我的心裡。

——班雅明《柏林童年》

靜香

疫情警戒升高期間，城市寂靜，心卻不太平靜，諸事不宜，萬事小心輕放。放自己到故事裡找個空間喘息，拿起《花園街 10 號》讀了，稍稍得到安撫，直想到「靜香」二字，無關藤子不二雄筆下的女孩，純粹是字面上的靜與香，在靜中聞到香，在香中感到靜。

《花園街 10 號》開胃暖心，乍看是食譜繪本，但又不只如此，不同種族的公寓住民在靜謐的午後，各自在家中為社區的共餐聚會活動下廚。好久無法和家人朋友聚首暢談暢飲，讀這本書也緩解了心裡的饞。

連續十五張跨頁場景都在廚房，一道道佳餚製作中：西班牙冷湯、名為小森林的香炒綠花椰菜、酪梨莎莎醬、黑豆湯、香煎比目魚、茄汁義大利麵、椰奶扁豆咖哩、迷你鹹派、火雞肉丸、親子丼、茄泥沾醬、菠菜乳酪燉飯、巧克力餅乾、藍莓香蕉蛋糕、草莓奶酥，從開胃菜、主食、配菜、醬料到甜點皆有。

闔上書後再閉眼觀想「靜香」二字，記憶裡各種歲月靜好之香滲

入鼻息，在染疫數字和各方資訊的擾亂之中，這些氣味有寧神之效……

清晨街口傳統早餐店煮滾的熱豆漿，海潮和山上的風很香，含笑花握在掌心或放進口袋愈暖愈香，打開便利商店的包子蒸籠竄出麵團暖香，拌開涼麵醬料的芝麻香，剝橘子噴發的柑橘香，在行天宮收驚後周身蒙受眷顧的平安香。

煎蛋香。母親為了包潤餅、炒米粉備料繁多，爆炒起鍋細切的蛋絲最香。

大年初二領到外婆早早準備好的紅包沾上檜木衣櫥的氣味，紙袋和紙鈔都香。

海狗小姐在河岸滾死魚爛泥臭氣逼人，歸途上見她踏步如小鹿仰頭看我，像是說：「怎麼樣，我很香吧！」亦感靜香。

京都上七軒花街、北野天滿宮那一帶，有家 1937 年開業的咖啡館，也以靜香為名，第一代店主曾是藝妓，名氣不小，舒國治在《門外漢的京都》中也曾推薦：「在京都如只進一家咖啡店，不妨是這裡。」

我二度去京都正值嚴冬，走在路上無處避風，正想找一小店歇腳取暖，存放心中已久的「珈琲靜香」那麼巧就在眼前。進門入座，綠絨布繡成的座椅已被磨成膠皮一般的質地，內層彈簧也已

疲乏，畢竟是昭和初期開業的店，縱使座位並不特別舒適，但簡單的咖啡和奶油吐司都款待了味蕾。店內淡淡的菸味和咖啡纏綿繚繞，氣味竟不難聞，幾桌老人家似是熟客，或讀報或看 NHK 節目，偶爾和店主宮本女士閒話幾句，皆是近乎安靜的有聲。多好的一個下午，不負「靜香」二字。

思緒既已飛往京都，《花園街 10 號》裡的日裔公寓住民備的餐是親子丼，又想起靜香咖啡店不遠處也有一家町屋餐廳，在中午供應親子丼，只專注販售一味，我也曾在那裡食得靜香。只要在想像中多走幾步路，穿過南北向的千本通、東西向的今出川通兩條大馬路，往後巷拐進去，不需多久，口鼻與心神盡是暖暖的靜香。

當科學技術像現在這麼發達，連人類過去以為不可能的事情都一件接著一件實現，我們一不小心就容易陷入科技萬能的思維裡。在人類的實際生活中，需要與上述觀點不同的思維，而「故事」在這一點上就變得非常重要。

——河合隼雄《活在故事裡：現在即過去，過去即現在》

日常旅行

旅行不僅是身體五感的遊歷，也是精神的出走，遊歷一趟回來，豐收或清空，心都除了鏽。肺炎病毒蔓延全球的 2020 年之後，多數人都無法遠行，社群軟體上時常出現旅遊戒斷症候群患者的哀號，以過去旅行的照片神遊解癮，可惜只能追憶。

看繪本吧。以異國風情為背景的繪本不少，但也不見得要受限於此。《就像在天堂》與《最初的質問》，分別以一個故事和一連串與讀者的對話，讓人展開一場「不旅行的旅行」。

《就像在天堂》的故事很簡單，一隻單純、傻氣的貓，在平日最愛的樹下睡午覺，一陣濃霧襲來，醒來只見雲霧飄渺，讓牠以為自己到了天堂。牠四處探看，貓爪子感覺到冰涼的露水、貓鼻子嗅到清香的空氣，普通的鳥囀聽在貓耳朵裡竟也像是天籟。

直到牠遇見一隻被栓在院子裡的大狗，大狗看起來不太友善，不斷發出低吼。貓心想，在天堂裡應該會和以往不一樣吧，便捨棄逃跑避難的本能選項，對大狗張開雙臂說：「抱抱！」

請放心繼續往下讀，在這個故事裡沒有任何一隻貓受到傷害。

果然不出貓所料，大狗不再吼叫，反而與貓深情相擁。貓心滿意足，又回到原樹下打盹，再次醒來，霧已散去，牠看著平日的生活環境，也覺得「真是個好地方，就像在天堂一樣」。

一場濃霧，陌生化了熟悉的環境，貓不只眼前一亮，全身的毛細孔亦大開，重新感受並愛上日日梭巡的老地方。就算霧散去，一切如此熟悉，也看不膩。

相對於《就像在天堂》有主角也有故事，《最初的質問》沒有故事，只有不斷拋擲給讀者的提問，在閱讀的過程中，讀者彷彿突破現實與書本的界線，成為主角。《就像在天堂》給我們的建議是──透過「陌生化」，讓熟悉的環境變得新鮮；《最初的質問》則是以一連串的提問，讓讀者覺察到自己對身處的環境竟如此陌生。例如這幾個問題：

「今天，你抬頭仰望過天空了嗎？天空是遠還是近？」

「雲是什麼形狀？風是什麼味道？」

「對你來說，美好的一天是怎麼樣的一天呢？」

「你知道行道樹的名字嗎？你曾想過把樹木當成朋友嗎？」

「能讓你毫不猶豫脫口說出『好美』的東西是什麼呢？」

「你能舉出喜歡的七種花嗎？」

這些問題看似簡單，卻不太容易回答吧？

在旅途中，我們可能會驚嘆天空好藍好高、風中有某種食物或花的香氣、落英繽紛像一場春雨，甚至連當地居民晾衣服的方式，都能吸引我們按下快門。這些，那些，在我們的生活中，難道沒有嗎？

現實無法遠遊的時候居多，不妨多讀幾次《最初的質問》，將書中的提問印刻在心，不時自問。我們倒不至於像那隻傻貓咪，誤以為自己身在極樂平安的天堂，但在每一次的自問自答之間，重新凝視，探索日常，也能稍稍把普通的日子過成旅行的樣子吧。

時代不專屬於誰，人人身上都是一個時代。記憶不能只靠幾座古蹟和英雄書上的幾個人，故事不計大小，都值得流傳。誰又能預料哪個故事會在哪個心靈發光與發熱呢？

——陳柔縉《人人身上都是一個時代》

日子就像這些松樹

在巴塞隆納，除了高第的奎爾公園、高第的聖家堂、高第的米拉之家、高第的這家與那家，我特別想去舊城區找一間以咒語「Abracadabra」命名的繪本書店。找到書店，才進門，一個正在封面上拔山倒樹而行的巨人便走進我眼中，他橘紅烈焰般的身軀，彷彿已大步走了許久，渾身熱氣蒸騰。

除了巨人的模樣吸引我，西文版的書名字體極小而淺，在瘦高的大開本一角，幾乎要自封面淡出。我不懂西文，幸運的是，店內暫時只有我一人，書店主人答應為我稍微介紹這本《巨人的時間》。故事文字非常少，但關鍵字「Nada」（即 Nothing）重複出現的頻率極高，內文僅 78 字，Nada 出現 9 次。文字已經這麼少，作者甚至還將短短的句子拆解，分別撒在幾頁上，例如一句「時間過去了，卻什麼事也沒發生」，用了四頁才說完，變成：

「時間……」

「過去了……」

「卻什麼事也沒……」

「發生。」

經過這一番鋪排，情節緩緩推進，不僅刻畫出巨人日日無事、歲月悠長的感受，也呼應了前幾頁巨人喃喃說出的心聲：

「日子就像這些松樹。」

「看起來都一模一樣。」

「會一直這樣下去嗎？」

「會一直這樣下去嗎？」相信這是許多人在某一段困乏停滯的人生段落，都曾問天問自己的無解之謎。這個表面上說得很少的故事，實則說了每個人的故事。我們多少都經歷過無法成就任何事的時光，感覺生活乏善可陳，感嘆自己一事無成，但天地之間一定有一個位置可以安身，即使龐大如巨人。

這並非我毫無依據、空洞虛無的安慰。搭配圖畫一起看，巨人的日子並非全然無事，即便他說：「這裡從來都不會發生什麼事，或許，有隻蚊子會飛過……可是也就這樣而已。」畫中的巨人正驚喜的看著一隻蚊子經過一片鯨狀雲朵的前端，宛如為雲之鯨點睛。無聲歲月中的小小插曲，也是一樂事。

除此之外，就在巨人正想著日子「會一直這樣下去嗎？」的同

時，他已在一幢小屋前停下腳步，從此駐守在那裡。平淡無奇的日子裡，他做了一件又一件小事，對他來說，不值得拿來說嘴，但每一次舉手之勞，對受惠者而言，無不是莫大的馳援。

最後，再回到「時間」。當我們談論時間，我們談論的其實是生命。巨人在一場驚心動魄的長夢之後，毛色不再是烈焰般的橘紅，而是介於象牙白與粉紅之間的淺色，雖然顯出老態，卻也宛如新生的幼獸。他的「新生」，除了外表的蛻變，也來自一顆能夠安住在平淡日子裡的心。

此書的文字止於「這樣也好」，要磨去多少稜角、撫平多少毛躁，才能安穩說出這麼一句「這樣也好」？在那趟巴塞隆納的旅行之後，我對於許多事未能如願成就的焦慮減少了一些，不知是受到西班牙弛放氛圍的浸染，還是《巨人的時間》微調了我的頻率，我距離「這樣也好」的境界似乎又靠近了一點點。

這樣真好。

有些字彙在從書本上學過一次之後，還要從生命裏再學一次。

——席慕蓉《寫生者》

巨大無比的小東西

曾經，我也是一名老兵。

雖然早在十八歲《一九九五閏八月》一書預言臺海戰爭當年，體驗過四週的成功嶺大專集訓，但直到多年後才正式入伍，一身「菜味」進到新訓中心便是「老」兵，比士官長還老。

據說高齡入伍生可以享有比較寬鬆的體能測驗標準，算是敬老優待，但我並沒有得到特別待遇，所有操課、仰臥起坐、伏地挺身、3000 公尺跑步等各項測驗，皆與小伙子同一標準，竟也都勉強闖關成功。同梯弟兄在操練中時常喊苦，看我同樣筋骨勞苦，心卻輕快，他們好奇來探問，我也很難說清楚。回想十八歲的我，在成功嶺也是度日如年，想來如同兒時厭惡苦瓜，吃多了更苦的東西之後，逐漸也能在苦中嚐到甘味。

繪本《巨大無比的小東西》以代名詞描繪幸福的幽微、難以捉摸，有時會從手中滑落或從眼前溜走。幸福這等巨大無比的小東西，確實抓不住，只能在發現的當下即時體驗，深深吸進肺部。我在新兵訓練期間，特別常體驗到這一點，頻率之高，十八歲的

我肯定不會相信⋯⋯

一次又一次，在烈日灼人的集合場排練開訓典禮，刺槍術，持槍全副武裝接受裝備查驗，在中暑邊緣以意志力挺直站立，偶然一朵小白雲飄來，布施短暫幾秒鐘的清涼，數百人幾乎是同時舒一口氣，鄰兵聽見彼此同聲舒氣，不覺鬆弛了戒備，輕輕洩漏被禁止的笑聲。雖然孱弱的雲朵很快就遠去，依依目送它的眼光仍充滿感激。

在集合場立正不得稍動，目光老是飄向兩點鐘方向那棵體態秀逸健美的菩提樹，心形的綠葉隨風翻飛，心神也隨之蕩漾，湖面輕舟一般。

用餐時間也無法放鬆，某次餐廳內播放的，竟是沙啞柔軟的爵士女聲，我閉上雙眼，任聽覺過濾班長們在四周爆裂的斥喝——

「腰桿挺直！」

「那幾個講話的站起來！站起來！」

「掉筷子的舉手！手打直！」

我只選擇收聽不鏽鋼碗筷輕輕敲擊、搔刮的聲響，如打擊樂器鏗鏗鏘鏘，彷彿置身華燈初上的小酒館。

為 3000 公尺鑑測鍛鍊的晨間長跑，必會經過一段約莫百公尺的

降溫灑水區。水花細密，挾帶樟樹的清香遍灑下來，剎那身心沁涼，大概只有在廣告中才有如此快意，幾乎想要慢動作將露濕的頭髮向後甩開，極其帥氣的。旋又想起頂上千絲萬縷被剃得只留一分，淨是小黑刺哪裡甩得起來。

諸如這些，不過都是極其微小的事。

入伍之前，我的光陰流路似乎鬱暗多於光明，好長一段水路蔓生出很厚的苔；但在烈日下展開老兵生活，自由受到總量管制的日子裡，因為輕易於小事發生的瞬間推開心門向外神馳，陽光伺機沖刷進來，意外清了一些陳年的苔蘚。在記憶中往回走，路不再那麼險，那麼容易使我滑跤失足了。

我們所期望的繪本，不是
把預先決定好的意象強制
灌輸給孩子，而是拓寬孩
子本身所擁有的意象，讓
它更爲豐富。

——河合隼雄《孩子與惡》

槍與寂靜

新兵入伍集訓期間，有不少片刻的狀態，說不清是矛盾還是神祕，外在是高分貝的音波洶湧迴盪，內在卻是一片寂靜，使我自當下的種種束縛中抽離；寫「大兵日記」時曾記錄下來，幾乎都與槍有關，槍彈齊發咆哮的瞬間竟最是無聲。

打靶時，即使戴上耳塞，槍聲仍在耳際嘶吼。整個人伏趴在地面，加上人與靶之間是山谷裡的一片草地，各種昆蟲就在身邊在眼前爬行、彈跳、飛舞，有時也在槍管上逗留。昆蟲沒有聽覺吧？牠們在槍聲中維持原有的節奏，波瀾不驚。

某次，一隻黑鳳蝶在靶場彈道間翩翩穿梭，如墨的雙翼經日光折射，映現出靛藍、深灰的金屬光澤，像脫隊、變形、與世無爭的子彈；另有一次，因特訓計畫在大清早上山，層積雲壓得很低，山雨欲來的態勢，蜻蜓成群在高舉的槍枝間如音符在五線譜上下平移。子彈大喊一聲飛出，一顆接一顆劃過鵝黃野菊蔓生的草原，蜻蜓不為所動，彷彿專注在牠們的祈雨儀式中，在定境裡舞動，果真將一陣細雨召喚進靶場。

還有，每次打靶訓練後，我們總要端持步槍走去靶場外側，在紅土路旁面對盛開的牽牛花站成一列準備清槍，森森然好像要列隊處決戰犯，教人背脊發涼。

不妨想像那畫面。一班士兵身穿迷彩野戰服，腳踩軍靴，頭戴鋼盔，舉槍背對午前的日照，列隊一同面向點綴紫色朝顏的綠地，冷肅的臉因背光而顯得更冷，齊聲大喊：「清槍開始！清槍蹲下！將槍斜舉左胸前！檢查藥室內有無子彈！開保險！擊發！拉拉柄兩次！擊發！再擊發！」槍枝零件摩擦撞擊的金屬聲喀喀喀、殺殺殺，士兵大聲背誦清槍口訣，最後的「擊發！再擊發！」不再有火藥爆裂聲，彷彿是戰爭電影的轉場，鏡頭帶到紅土路旁的牽牛花叢，環境音與人聲淡出，音樂淡入……

我出神看著，耳邊響起那首反思戰爭的民謠〈Where Have All the Flowers Gone〉，歌詞的幾個段落最終串成一個令人黯然的循環──花朵被女孩摘下，女孩去到男孩身旁，男孩都成了士兵，士兵上了戰場也進了墳場，墓地開滿花……

每一段歌詞，都結束在一個重複兩次的問句：「When will they ever learn? When will they ever learn?」

我們何時才能學到教訓？

我收藏的第一本無字繪本《Why?》，是俄國創作者從兒時戰爭回憶提煉出來的作品，因為沒有文字只有圖畫，緊接著封面書名

提問「為什麼」，翻開這本書，也有戰聲隆隆卻因荒謬而靜默無聲的感覺。畫中的青蛙和老鼠為了爭奪一朵花大打出手，從一對一打鬥演變為兩個種族的大戰。其實，草原上原本不只一朵花，但戰後只剩一片焦土。花都去哪兒了？為什麼都消失了？

每一次讀《Why?》，同樣會想起那首歌。此刻，俄國又將戰火燒向烏克蘭……

When will they ever learn?

我們的一生都被裹挾在不絕於縷的敍事之流、敍事之網中，從故事中來審視自己目前的生活，或設想尚不存在的生活之可能。

——王敦《打開文學的方式》

船有名

無字繪本《燈塔的一天》，定點呈現港口晝夜，海面上有船進進出出，岸堤上有人、車與狗來來去去，簡直是我服役期間日日所見的縮時圖冊。

我下部隊時是海岸巡邏兵，日常重點勤務得登上守望臺，監控記錄海面與岸際動態。我所屬的大隊有兩個哨點，一在大隊樓頂，另一在幾分鐘車程外、孤立於廢棄的小香蘭雷達站裡。

上守望臺，必須獨自看守太平洋的一隅，眼前三海浬的扇形海面，都是哨兵的守備範圍。在岸巡單位服役期間，名副其實就是「看海的日子」。

海面上的船多是福隆、澳底的漁船，偶而還有馬崗、卯澳、美豔山來的船隻，也會有大噸位的遠洋漁船或國際貨輪，很客氣的，在海平線上借道通過。

凡在三海浬內的作業船隻，哨兵都必須將船名與雷達鎖定的流水號確實登錄在海面目標動態記錄表，並描繪航跡備查。眾漁船在

廣袤的海面上如遍撒的芝麻，實在不容易。

不只如此，船隻出港後、進港前，也要即時通報給港邊的安檢所。有時船家彷彿約好，魚貫湧出去或返航回來，在無線電上通報的語速節節飆高，恨不得海上也能實施交通管制，分批放行。不過日子久了，即使在黑夜中，竟也能透過船燈閃爍的特殊頻率或馬達聲，辨識出其中幾艘，稍微從容的將正確船名提早回報給安檢人員知道。

守望海面的工作不總是那麼忙，尤其海象不佳時，船隻很少出海作業，僅要注意釣客安全，岸際有無可疑動態，就能一遍又一遍對著太平洋高唱張雨生的〈大海〉或張惠妹的〈聽海〉。有一次，還有餘裕仔細研究設籍在港的船名。

船名用字的重複性相當高，最常見的就是滿、福、利、金、富、發、吉、祥，以這幾個字任意組合，就能排出幾個熱門的船名。

求漁獲滿載、財富滿袋的船名有：漁利、漁滿、漁津66、釣有、再添、日滿、新大滿、昇進滿、發利、新海利、金生財、金發、全發、吉發、慶發、日日發，此類占比最大，不難理解，船主為自家船命名，多抱著相似的俗世盼望。

求平安順遂的有：永安668、安順、長順、集福、天佑。

求平安也求財富，一兼二顧的像是：吉豐、富祥、福鑫、

進福富。

另外，還有胸懷國運的如：國昌、國隆、豐國。更有不忮不求，一派浪漫的像是：春誼、凌波、承暉、東方之星。

霸氣外露的，則有鎮龍；風流瀟灑也有其人，海上竟有法拉利，不過，我退伍之前從未見過法拉利馳騁於太平洋。至於珍妮佛？是不是船主在四海為家的青春歲月裡，某一段異國戀曲的紀念呢？

那麼，一個討海人將船命名為「福山」究竟有什麼理由？我當時參不透，後來讀科普繪本《上山種下一棵樹》，寫山海相依、環境永續，有翁鬱福山斯有豐饒之海，難道船主是環保倡議者？

說不定，單純只是福山雅治的歌迷、影迷，藉此與偶像快樂出航。

假如你也有一條小船，你會給它取什麼名？

給船取名，真像許願。

去聞一聞一朵水仙花的深處所散發出
來的味道，其香味所隱藏的學問比我
們所有書本全部加起來還多。

——李維史陀《憂鬱的熱帶》

一期一會

春日很多人瘋賞櫻,甚至為此特地出國往北去追。我對櫻花沒有太多執迷,不過,住處附近巷口有一棵山櫻花樹,年年初春花開時,與海狗小姐散步路過見到滿樹緋紅,仍會抱著「啊!又見面了」的心情駐足片刻。

直到我讀了近藤薰美子的《嗨!你好》,書中將讀者的視線聚焦在單一朵花,而不只是一棵開滿花的櫻花樹,換句話說,在這本書裡,我們並不是以一棵樹的整體來賞花,而是親近每一朵花。

同樣是看一棵櫻花樹,沒有想像的添加物,只是調整焦距,便讓我眼前一新,捕捉到一期一會的況味。樹仍是那棵樹,花並非往年的花。

一棵樹無論樹齡長短,對枝頭上的花與葉而言,新的一年就是生命的初旅。春天,花朵綻放如新生,花瓣解離,也是第一次在空中飄颺如靈魂飛升。櫻吹雪後迎來夏日,冒出來的新綠全是第一次見到盛夏的豔陽。深秋落下的每一片葉子也都是第一次投向大地的懷抱。

冬天到了，作者一瞬將畫面拉遠，將讀者的注意力從那一棵櫻樹上的一枚冬芽拉開來，帶我們去看一整片雪化妝的櫻樹林，告訴我們「成千上萬數億的雪花都是第一次來到這世界」。

都是一期一會啊。每一天，時時刻刻變化的世界，都是新的世界。

春又來，今年樹上的第一朵櫻花在樹洞旁綻放，去年在這個樹洞裡孵化的山雀飛過來對花說：「我們又見面了。你好嗎？咦？原來不是去年的花啊。儘管看起來很像，但不是同一朵花……嗨！很高興認識你。」

因為疫情的關係，一連三個春天，都有不少人在社群媒體上遙想往昔赴日追櫻的花季盛況。櫻花確實美，但還有許多會開花的樹也在不同時節傾力綻放，只是鮮少有人關注而已。例如市街、民家常用作綠籬的杜鵑、朱槿、七里香、樹蘭……樹蘭尤其低調，花形細小而圓，如米粟；香氣亦若有似無，據說有人真是聞不到的。

我的陽臺上有一株樹蘭，是父親傳給我的，父親就是聞不到樹蘭香氣的人。夏、秋兩季，濃綠的枝葉間會綴上一叢叢細小的黃花，雖然是如此不起眼的存在，他們也以金黃盡力妝點一隅燦爛。他們不大聲張揚自己的作為，只是如實的打開自己，隨緣供養幾許幽香。

我們通常不會以「賞」這個動詞來指稱人走向樹蘭之花的動機，我們說賞櫻、賞楓，甚至是「追」，不過，多少花葉往往只是悄悄來了，又悄悄離開，如樹蘭之花，你未必得賞，無需去追，但要凝視，要諦聽，還要深呼吸。

無論是遊人趨之若鶩的花季，還是無人知曉的花季，對花朵本身都沒有一分增減，他們靜靜的開，與天地一期一會，沒有要帶走什麼，沒有想留下什麼，只是做一朵花會做的事而已。

爲什麼想畫小孩的繪本呢？

大概是爲了我的缺憾吧。我想讓所有
的事情，回到自己的孩提時代。
我並非以客觀的大人，去觀察、了解
小孩，說給小孩聽。

我不厭其煩地，對我心中孩提時代的
我訴說。

——佐野洋子《貓咪，請原諒我》

回到過去

急著外出工作，關上公寓一樓大門的動作太猛、用力太過，砰一聲爆出音波，音波旋即就被巷口噴來的盛怒女聲蓋過——「不要再哭了，動不動就哭，丟臉！」才走幾步，便見她以競走之姿切入巷內，身後有個小男孩怯怯跟著，沒有哭，但頻頻回頭看向對街的早餐店，過一會兒才有另一更小的男孩追上來，嘴裡的委屈稀哩呼嚕說不清楚，哭得喘了，又停步向前方大喊：「媽媽！哥哥！等我……」但媽媽頭也不回，哥哥不敢放慢速度，幾乎都要消失在巷尾，小小男孩雖然哭得更撕心裂肺，也只能跟蹌追上去。

那孩子視線一定很模糊吧？跑那麼快，沒問題嗎？

我從小敏感愛哭，收到的告誡、鍛鍊、善意惡意的調侃訕笑沒有少過，諸如此類種種，看似矯正奏效，淚腺收斂，愈是長大愈少流淚，其實只是人們能看見的少了。有一些眼淚只有自己知道。

支持男孩掙脫男性刻板印象的繪本不少，每隔幾年就會有溫柔的佳作。1936 年美國出版的《愛花的牛》堪稱最早，主角是一頭

健壯無比的公牛，自小就對同伴的打鬥遊戲興趣缺缺，只愛在山丘上的樹蔭下坐著嗅聞花香。《眼淚糖》雖然沒有直指男孩，但其中一段上場的雄獅本來自信滿滿宣稱「本大爺是不會哭的喔！」未料吞下一顆眼淚糖立刻痛哭失聲，不知滿腹心事都憋了多久。等牠稍微平靜，沒有人取笑牠，而是對牠說：

「沒關係，獅子也有想哭的時候吧！」

「沒關係，就算是很強的獅子，也可以哭呀！」

最新得我心的是《大男孩不哭》，故事一開始，爸爸對焦慮的轉學生男孩說「大男孩不哭」，男孩也努力忍住不哭，但他很快就注意到沿途許多大男孩、大齡男孩、老男孩，出於各種原因都在哭。新學校並不如預想的可怕，放學回家路上，男孩的表情已不像早上為了壓抑淚水而緊繃，當他笑嘻嘻回到家，發現爸爸也在哭。

如今我早已不羞赧於流淚，流淚或許也像身體在高燒煎熬時需要發發汗，能流出眼淚的人生都還不算太糟，如果你曾有想哭卻哭不出來的經歷便知道。

多麼希望兒時的我曾經讀過這些書。我想像現在的自己走到過去的自己身邊，坐下來為他說一說這些故事，他一定會流淚的，我會拍拍他的背，如果他願意，我也想抱著他，接受他的眼淚，接受他的一切。

如果可以回到過去，我還想對那個男孩說《像我這樣的一隻獅子》，告訴他不是每一隻獅子都得勇猛強悍，獅子也能靜靜沉思也能寫詩；說《我說話像河流》，讓他知道他說話像奶油也很好，以後會有人喜歡他的聲音像奶油；說《小貓頭鷹》讓他放心，媽媽很快就會回來；說《麥基先生錯過巴士的那一天》，告訴他偶爾錯過巴士不必緊張，放鬆一點，慢慢呼吸，錯過什麼有時也會另外收穫什麼。

最後說《花地藏》，一定要念出封底那句「沒關係，再硬的石頭也會覺得痛」，生命的每一個破洞都有它的用處，人生的每一步也都不會白費，還不懂得也無妨，記得那句話就好。在他聽著故事就要入睡之前，還要告訴他這個故事是他未來寫下的，這是生命給他的禮物，而他也會再將這份禮物轉贈出去。

每當人性看來註定淪於沉重，我便覺得自己
應該像柏修斯一樣，飛入一個不同的空間。
我並不是說要躲入夢境，或是逃進非理性之
中。我的意思是說，我必須改變策略，採取
不一樣的角度，以不同的邏輯，新穎的認知
和鑑定方法來看待世界。

——伊塔羅‧卡爾維諾《給下一輪太平盛世的備忘錄》

說話的手

手也會說話。

日常生活中，我們時常透過手勢溝通示意，再自然不過。而打著手語的手，是最為健談的手。手語，本質是符號，卻有舞者的姿態。臺北市舉辦聽障奧運那年，我的學校也是賽事場地之一，當時，我常在學校圖書館蒐集論文資料，偏好頂樓窗邊的座位，那幾天常分心看窗外各國選手以手語交談，我不懂手語，意不在「偷聽」，更像是看舞，現代舞，蝶舞。

幾年後，讀繪本《安靜也可以美麗》，瞬間想起當時看運動員手語飛舞的即興演出，想起圖書館內特有的紙張氣味，想起紫外線透進玻璃窗的溫度。唯獨沒有想起任何聲音，勉強說來，只有老舊冷氣壓縮機的沉悶聲響。

《安靜也可以美麗》故事主角是一個活在大寂靜中的女孩，聽不見聲音，卻喜歡樂器，並將樂器當作雕塑品收藏、欣賞。為故事帶來轉折的，也是樂器，是妹妹在學校做壞的一只鳥形陶笛，妹妹說它發不出聲音，女孩一吹，卻能聽見許多不凡的聲音，例如

「各種糖果的聲音，薄荷的口味特別清楚」。在音樂會的現場，女孩也在樂團指揮的手勢中看見聲音——飛鳥振翅、柳枝搖曳。這本以安靜為題，以聾人為主角的作品，充滿詩意且融合多種感官的聲音。

你知道嗎？佛像並不沉默，佛像也有會說話的手。當你看見佛手的拇指與食指或中指輕輕捏成一片花瓣，其他三指自然伸展，便是以此「說法印」說：「你聽好……」

若五指向上伸展，掌心向前舒張，則是以此「施無畏印」威嚴卻不失慈藹的說：「你無須害怕。」同時，另一手臂或許輕輕垂下，手指全部向下舒張，以飽滿的掌心朝向你，這時，你便安心稟白你深藏的念想吧。因為佛正以「與願印」告訴你：「你的心願，我明白了。」

不過，關於佛像的手印，一般人能夠理解嗎？

年少時，連續幾個夏天都為兒童之家的孩子辦營隊，有一次，兩個孩子等不及燭光晚會開始，溜進還在布置的禮堂，站在佛像前張望觀察、交頭接耳，然後靜了下來，雙手合十。我遠遠看他們站得直挺挺的背影久久不動，猜想小小的身軀裡必定裝載了難以計量的願望。

我趨向前想就近觀察，一位友人也自前方向我走來，他聽見兩個孩子的對話，忍俊不住要來告訴我。原來在他們虔敬合掌之前，

交頭接耳說的是……

「喂！許願到底靈不靈啊？」

「安啦！你看佛祖不是比了 OK 嗎？萬事 OK 啦！」

當時的佛像，是一尊立如松的釋迦牟尼佛，輕舉於胸膛前的右手打著貌似 OK 的「說法印」，低垂的左手正是「與願印」。

孩子多好！一顆直心不需經人教導，便能默會佛的手語。

這麼多個夏天又過去了，不知道兩個孩子的心願都圓滿了嗎？

重大打擊之後，故事保住

了她的愛，也保住了她的

生命……將生命已經放在

我們手上的事實講出來，

才是唯一有價值的。

——漢娜‧鄂蘭《黑暗時代的群像》

永遠的名字

這一生中，與我們交會的名字多不勝數，有些只是過眼雲煙，有些漸漸風化消逝，但有些卻銘刻在心上，永遠閃閃發亮；當中甚至也有你帶著飽滿的愛與祝福，親自贈予的名字吧，可能是正式的姓名，抑或是一個親暱的小名。是誰收到這些名字呢？是一生的摯愛？寶貝的孩子？還是一個無可取代的朋友？

《和你在一起》的圖，是由下筆很輕的色鉛筆所畫成，淡遠而迷濛，畫風細膩，故事乍看卻很懸疑，勾著讀者一頁一頁看下去。幾乎要到最後才會察覺，這是一個愛與思念的故事，絲絲縷縷都是深情。

主角是一對老夫婦，故事一開始，老太太便一路追蹤獨自出門的老先生，她不停呼喊丈夫的名字，丈夫卻聽不見她的叫喚。途中，老太太瞧見丈夫竟在花市買了一束鮮花，不禁吃味咕噥：「噢！這些花要給誰呢？喬治從來沒買花送給我……」

老太太不斷在嘴上、在心裡喚著丈夫的名字，看似是有去無回的愛，實則不然。到了尾聲，老太太跟著丈夫走過大半個倫敦，最

後看見丈夫在小山丘上的長椅靜坐許久，身旁就擺著那束花。故事僅剩四頁，讀者才在老先生的低語中，聽見他眺望妻子最愛的風景、喚著妻子的名字，向虛空捎去一封信：

「親愛的瑪麗，謝謝你一直和我在一起……今天是我們特別的日子，我好想你。瑪麗，結婚紀念日快樂！」

閱讀這本書，若能朗讀出聲，聲聲入耳，即使你的摯愛不與主角同樣名為喬治和瑪麗，但喚著喚著，心中也會浮現，某個永遠的名字吧。

《小白》則是直接將一隻狗的名字當作書名，內頁沒有字，僅用圖說故事。小白，是老人童年時養的狗，故事主體是老人的一場夢，夢裡盡是童年與小白遊戲、探險的回憶，以及失去小白的最後一瞬。雖然沒有文字，但閱讀時彷彿可以聽見老人囈語喊著小白、小白……，時而快樂，終於悲痛。

含淚醒來的老人，如一張薄紙踽踽獨行到公園，一隻流浪的小黑狗出現在腳邊。小黑現身的時機多麼恰巧，如一場精心籌畫的重逢，但我一度暗自埋怨作者——為何不安排另一隻小白再次走近老人的暮年？後來再想，這隻小黑狗在關鍵時刻現身，對老人而言或許是「黑色的小白」，他看見的不是毛色，而是記憶、緣分甚至是靈魂，如此更好。

無論是《和你在一起》或是《小白》，故事裡或以文字寫出，

或以圖像情節表現的聲聲呼喚，都令我想起詩人紀弦的〈你的名字〉：

用了世界上最輕最輕的聲音，

輕輕地喚你的名字每夜每夜。

寫你的名字。

畫你的名字。

而夢見的是你的發光的名字……

這一生中，與我們交會的名字多不勝數，我們的生命旅程仍持續向前推進，將迎來更多名字，但必定有一個名字，至少會有一個名字，在你心中常溫保存，就算名字的所有者早已不在身邊，你仍不時要輕輕、輕輕、輕輕的呼喚那個，永遠的名字。

寫作者和乩童是同一個老師教出來的，昏沉中帶著一點機警，主要是等待，然後是運氣，最後才裝腔作勢。作者不一定了解自己捕捉了什麼聲音，就像一台收音機。

——袁哲生《靜止在——最初與最終》

字條

我收集很多死亡主題的繪本，《爺爺的天堂旅行》是最歡快又不失寬慰人心之力的一本。書中接引亡者的死神可愛軟萌，即將隨祂上路的老人家，打包行囊時，簡直就像小學生準備和同學去遠足一樣雀躍，令死神困惑問道：「您不會覺得悲傷嗎？」

面對這個提問，老人家不改歡欣，說他只是對留下來的家人有點過意不去。故事最後，老人家仍隨著領路的死神走了，畢竟，誰都不可能只因為掛念家人不捨，就取消生命最終的單程之旅。臨行前，老人家留下一張字條給家人，寫著：「你們別擔心，我是去見心中思念的人了。」

我的阿公過世後三週，我在日出之前做了一個夢。

一輛巴士停在阿公和阿媽住了三十多年的老家附近，阿公和過世逾十年的阿媽坐在車上，看起來都是七十多歲、還未受病苦的模樣。

我在電話中轉述給父親聽，才說了夢的開場，父親便說：「伊揣

著阿媽矣。」我沒想到這一點，聽父親如此解，想起《爺爺的天堂旅行》最後一頁，這個夢也是阿公留給我們的字條吧。

在夢中，我們追上暫停的巴士，阿公和阿媽在窗邊向我們揮手，笑著說：「無代誌啦，阮欲去遊覽矣。」示意我們別再追。

旋即，夢的時序又重新編排，他們不在巴士上而在舊居。阿公在公寓大門外，看起來又年輕了許多，至多四十、五十，身穿剪裁修身的 POLO 衫，鵝黃底色上壓著藍色細橫紋，下身是灰色的西裝褲，正在巴士旁將他的打檔摩托車擦洗得晶亮。阿媽在公寓屋內，也差不多年紀，一身優雅的訂製洋服，深湖水綠，下擺是及膝的 A 字裙，腰間繫上極細的皮帶，雙腿套上與膚色相近的厚絲襪，手臂上掛著一只手提包，神情宛如少女。

我是多夢的人，但極少有夢如此鮮明且細節密布，甚至，梳了帥氣油頭的阿公，髮油濃郁溫暖的木質調氣味也滲入我的鼻息。

摩托車已發動，阿公向樓上喊了「較緊咧」，聲如洪鐘。阿媽下樓，側身坐上車，阿公將油門一催，便出發了。

「無代誌啦！阮欲去遊覽、去迌迌矣！」他們只是爽朗的說，沒有回頭。我哭著醒來，清醒之後，感覺這淚水不是傷心，而是歡喜送行。

擦乾淚痕起身，天才微亮，我又躺回去睡，竟接著方才的畫面繼

續作夢。此時，阿公阿媽已在遠方，騎向地平線那端，天地遼闊，金光遍照，好像電影即將落幕一般⋯⋯

阿公在農曆新年前過世，告別式和火化晉塔相隔近二十天，在這段期間，我常覺得心懸著，老想唱一首歌遙寄給他，總不知該唱什麼，唱什麼都覺得不像是阿公想聽的歌。

第二段夢中，如電影片尾的這段，音樂緩緩淡入，是鄭進一的〈家後〉，雖然我從未在前段時間為阿公唱這首歌，但我可以感覺到這是我看著夢境，有意識點播的歌。夢中的我，隱約仍覺得這首歌不太對，果然〈家後〉才唱沒幾句便嘎然而止，像是有人按下卡式錄音機的停止鍵，換上新的卡帶，這次播放的，是葉啟田版的〈墓仔埔也敢去〉，且我可以感覺到，這是阿公自己點的歌。

這張自帶配樂的「字條」，未免也太「漂撇」，而且，有夠幽默。

此時，他們應該就要抵達冥王星了吧。

我並不喜歡主角克服弱點、保護家庭及拯救世界這類的情節，反而很想描寫英雄不存在、只有平凡人生活的、有點髒汙的世界突然展現的美麗瞬間。這種時刻需要的並非咬緊牙關的硬氣，而是可以得到他人協助的弱點不是嗎？欠缺並非只是弱點，還包含著可能性，能夠這樣想的話，這個不完美的世界，正會因為不完美而變得豐富起來。

——是枝裕和《宛如走路的速度》

讓葉子落下

若要我選出影響我至深的繪本，羅倫·隆的《從前有一棵小樹》必定是其中一本，而且是少數真正在某種程度上幫助我重新啟動的繪本。

我時常在各種場合中說這本書，並不斷推薦出版社購下版權，將其翻譯進到國內，盼著更多讀者有機會能與它相遇，屢屢遭拒也不放棄，幾乎要考慮自費出版。這是什麼樣的心情？後來我讀陳宗暉的散文《我所去過最遠的地方》中有一句：「你說的故事讓我想要繼續活下去，這次換我說故事給你聽。」我想，大抵就是如此。

年少最好的朋友Ｊ初出社會不久，便以劇烈的方式離世，時隔數年，我在那年元旦才有機會有勇氣去塔探望他，清早就要出發，前一夜電視轉播的各國煙火秀都無色無聲，往後我總在新舊年交際之間想起他，直到在塔相見再十年後的跨年夜，我才第一次感覺到他平靜下來。

平靜下來的或許是身陷這場漫長告別的我自己，而我在前些日子

才讀了當時還只有英文版的《從前有一棵小樹》，讀的時候並未想起 J，至少我沒有意識到。

我並不相信一個故事可以戲劇性的為誰療傷，扭轉誰的人生，畢竟人的執念沉重如山。故事無法移山，但有些故事是泊靠在山頭上的雲，持續滴水穿石將山切出一條溝一道縫，為光開路，照進深山之中的我們的心。

故事中的小樹和其他小樹原本沒有特別不同之處，都是新生的樹苗，樹枝上也都有小小的樹葉。在炎熱的夏日裡，葉片能讓小樹感到涼爽，但秋天乾冷的風將所有小樹的葉片都吹皺、吹得變色，其他小樹順應自然，放手任枯葉落下，唯有一棵小樹緊緊抓住所有的葉子。

年復一年，這棵小樹依然緊抓著乾枯變色的葉子不放。其他小樹落盡了舊葉，熬過寒冬之後都發出新綠，隨著時間過去都長成了大樹，唯獨遲遲不放開舊葉的那棵小樹依舊是一棵小樹。

相較羅倫‧隆其他作品，《從前有一棵小樹》用色不那麼飽滿濃厚，背景也完全留白，一反他常見的風格。他也自認此書特別不同以往，並不是專為兒童所寫，畢竟這個故事裡也有他安撫自身的用意。

作者表示這個故事主要想傳達「不要害怕改變」的訊息，故事的意象很早就形成，多年後才完成這本書，一部分是想起孩子

年幼時，對即將入學的改變感到焦慮，另一部分則是孩子轉瞬長大，即將上大學準備離家，身為父親的自己有感時光匆匆大受衝擊，百般不捨，最終才將多年前就有雛型的故事意象發展成完整的繪本。

經過許多年，故事中的小樹才終於放手讓乾枯的葉子落下，那些葉子曾經那麼好，然而再好也已枯黃，放掉它們不是拋棄也不是背離，只是重返作為一棵樹該有的生命節奏。放手，雖然得面對一段蕭瑟的歷程，但新綠會萌發，生命的進程會繼續。

不緊緊抓住過去不放，才能真正的活著。

你也有放不下的「葉子」嗎？讓葉子落下吧。葉子會理解，葉子自有歸處，它們不會消失，只是落入土裡，換一種形式，成為你的一部分，成為你的養分。

我的根和那個人的根是連繫著
的，這種接觸的感覺是存在的。
不過實在是太深太暗的地方了，
也不可能到那裡去看個清楚。然
而透過故事這個系統，我們可以
感覺到彼此是連繫在一起的，能
確實感覺到養分是來回相通的。

——村上春樹《身爲職業小說家》

愛的證明

你所能記得的，最早的記憶是什麼？

是光線？氣味？溫度？某個事件或某人的話語？多半與家人有關吧？

我所能記得的完整記憶落得很晚，大抵都在六歲以後。六歲以前幾乎是空白一片，但我有一段記憶，細如絲線，僅止於觸覺，沒有任何畫面，這段記憶更早於五歲甚或三歲，是父親將我抱緊，再以鬍渣襲擊我的臉頰與頸子所留下的搔癢。因此，幾年前我看是枝裕和導演的電視劇《回我的家》，阿部寬的手不經意劃過棺中父親的鬍渣，瞬間憶起兒時的一幕，得到愛的證明，我也落下眼淚。

這段觸覺上的記憶，是否是跟著阿部寬一起撈回來的？如今我也無法確定。後來翻譯繪本《我想為你摘月亮》，也想起父親鬍渣的觸感。父親看似精明多聞，但也像許多父親，初為人父時也不過是比大男孩稍長一點、少不更事的男子，他們在證明自己能力、證明自己對孩子的愛這類事上，還不得要領，有時不免使

力過當。

《我想為你摘月亮》的作者充分運用青蛙「變態發育」的生物特性，將親子關係的故事說得既流暢又深刻。從蝌蚪成長至成蛙，每個階段都有不同的樣貌；故事利用這一點，巧妙表現出童年的時效性，也凸顯父母與幼兒相伴的親子時光彌足珍貴。透過角色的自然變化，故事沒有明講，卻道盡陪伴的重要性，對於親職責任壓力不小的家長而言，是很溫柔的提醒。

此書的圖，有一股特別的朦朧感，不僅為池塘和月色增添氤氳的神祕氣息，似乎也呼應為人父母的心境。現實中沒有親職研究所，沒有人可以先取得學位再開始當父母，多半都是帶著又愛又慌的心，一邊度日，一邊摸索怎麼成為更好的父親與母親。這樣的心境，也是朦朦朧朧，如書中的圖。

故事中的青蛙爸爸，為了讓孩子明白他的愛有多深，四處去尋找足以表達愛的禮物。每次啟程之前，孩子都會撒嬌要爸爸留下來教他點什麼，但青蛙爸爸總是匆匆離去，因為他迫切想要證明自己對孩子的愛。

一次又一次，青蛙爸爸原本覺得完美無瑕的禮物，最終都不如預期──奇石離開水中便失去了光澤，蓮花摘取未久也枯萎色衰，他只好一再啟程。然而，世上有什麼東西可以永不敗壞呢？

除了愛本身，所有用以證明愛的物質，都無法匹敵。

青蛙爸爸一直沒有意識到,只要自己在孩子成長的過程中「在場」,便是最好的證明。還好,在故事結束之前,青蛙爸爸透過孩子純真的眼睛,領悟到了這一點;雖然小蝌蚪早已長成小青蛙,仍不算太遲。

我相信,讀這本書的孩子,看見青蛙爸爸在故事尾聲用盡全力彈跳、飛躍,想為小青蛙摘下月亮的時候,必定也可以攫取到一點熟悉的情感和心意。至少我,一個老孩子,朦朦朧朧的,又想起父親刺刺癢癢的鬍渣攻擊。

雖然我只留下一抹觸覺的記憶,但那時,我們都彷彿沒有明天,笑得很開心吧。

好的作品一定得讓讀者感受到掌握住某些生命存在的基本脈動。讓我們把生命的基本韻律或存在的真相比喻做白色的光吧，光這種東西無所不在，但我們的肉眼卻看不見，唯有透過三稜鏡，將光線切割、折射，才能呈現出看得見的紅、橙、綠、藍、靛、紫等色彩。生命的真理這道無所不在的白光，平常我們習而不察、視而不見，文學的媒體有如一面三稜鏡，將這道白色的光切割，折射出來，讓讀者強烈地察覺到它的存在。

——吳潛誠《感性定位：文學的想像與介入》

雲的聯想

「因為天空是藍色的，所以我選了白色。」

這是奈良少年監獄一位化名 D 同學的少年在課程中以〈雲〉為
題所寫的詩，僅此一行。表面上看來，似乎不擅於寫作也像是潦
草交差之作，但並非如此。D 同學在課堂中吞吞吐吐讀出這句
詩，也吐露自己的童年往事……

他在童年時曾遭父親家暴重毆，父親經常出手痛打體弱的母親，
當時年幼的他無論如何都無法保護自己的母親。母親過世之前告
訴他：「覺得難過的時候，就看看天空吧。媽媽一定會在天上守
護你。」因此，這首小詩，是他揣摩母親當時的心情，以她的口
吻所寫下的。那麼痛的往事，已被歲月沖刷、沉積為故事，聽了
他的故事，同班的少年無不顯露柔情，紛紛對他說：

「你寫了這首詩，對媽媽來說就是最好的供養。你已經對媽媽盡
孝了。」

「我相信 D 同學的媽媽，一定是像雲那樣潔白無瑕的好人。」

「D 同學的媽媽一定是像雲一樣溫柔的人。」

也有一位少年說：「我沒看過我媽媽。但是，這首詩讓我覺得，只要抬頭看天空，一定可以看到媽媽在那邊守護我。」語畢，個子高大的少年放聲大哭。

D 同學的一行短詩，起於失去母愛的遺憾，透過詩句和故事，潤澤了更多少年的心。自然界裡的日月星辰、風雲山水，在人們的集體潛意識中似乎都有類似的象徵意義。我也曾在雲的聯想之中得到靈感，寫成繪本《媽媽是一朵雲》。

那日風大，我仰望浮雲快速變形，它們被風吹得聚了又散，散了又再聚攏，有些模樣似乎不斷重複出現，我看著，覺得雲就好像我們萬分想念卻見不到的人，正在天上把雲當作麵糰，揉捏出那張我們思念的熟悉的臉，俯瞰著我們說：「好久不見，其實我一直都在。」或者，他們把雲當作顏料，在天空作畫，那些畫是密碼，回應相思的千言萬語。

《媽媽是一朵雲》中的小青蛙很想念媽媽，在昏昧的睡夢中彷彿聽見媽媽以前時常掛在嘴邊的話──「青蛙啊……皮膚就是要溼溼涼涼的才健康」，當他在雨中醒來，媽媽依然不在身邊，但他卻解開了「雲的密碼」，他的心也終於撥雲見日。

這是屬於小青蛙的「魔幻時刻」，當這個時刻到來，心中的結就能鬆開。在現實生活中，令我們悲傷的事總是有的，教我們想念

卻見不到的人，恐怕只會越來越多。我們會走過一段雨季，但魔幻時刻終究會到來，那可能是一陣風挾帶而來的熟悉氣味，或是一首好久沒聽見的歌曲，一種特定溫度與濕度組合的感受，或者，就是一片雲……

想念某人時，就抬頭看天空吧。有時烏雲密布，且再等一等，天會亮起來，你的心也會雲淡風輕。

注：文中關於 D 少年之事，可詳見《都是溫柔的孩子：奈良少年監獄「詩與繪本」教室》，此書是日本兒童文學作家寮美千子帶獄中少年讀童話與詩的記錄。

故事在哪裡？故事在黑暗裡。所以人們會說靈感來時是靈光一現。進入故事——進入敘事過程，是一條黑暗的路，你看不見前面的路。詩人也明白這一點，他們也走在黑暗的道路上。靈感之井是一口向下通往地底的洞。

——瑪格莉特·愛特伍《與死者協商：瑪格莉特·愛特伍談寫作》

洞

誰的心中沒有一兩個洞？失落、傷痛、遺憾、未竟之夢……

巴塞隆納的聖家堂，會是高第心中的一個洞嗎？他以近乎苦修的覺悟和毅力，建造聖家堂四十餘年，遭電車撞傷過世將近百年，聖家堂仍未完工，若真有輪迴，高第或許都乘願再來兩趟了。

在聖家堂通往聖十字聖保羅醫院的上坡道旁，一間文具店設有在地繪本創作者專區，我特別注意到一本書在厚紙板封面上挖了大洞，就位在主角軀幹的正中央，書名《El Buit》是高第母語加泰隆尼亞文，意為「空洞」；我對書名、內容、裝幀設計環環緊扣的書最是無法抗拒，以手指撫觸陷落的大洞，又見封面女孩微笑的神情如此沉靜，更加好奇，店員大概是看穿這一點，主動以英語為我逐頁說書。

故事才開始，女孩的幸福感在一如往常的平凡日子裡瞬間崩解，身上出現一個洞。情節發展看似猛進，脫離現實，我卻認為再真實不過；人生再怎麼小心翼翼，稍不留神，世界傾頹，心如核災後之棄城都有可能，豈止是破洞。因為我實際經歷過所以懂得，

只是沒料到故事才剛起頭，就想起我在憂鬱症最苦的那幾年，分不清到底是自己心中有洞，還是整個人受困在一個更大的洞中，眼眶裡水位急遽升高，險些在店員說故事時哭出來。

二度治療憂鬱症後幾個月，醫師聽我說起記憶力和專注力衰退，閱讀極為吃力，唯獨藝術家盛正德的《以畫療傷》可以讀得進去，建議我不妨也試著畫畫寫寫。我曾畫過一張缺了頭蓋骨的自畫像，好的回憶比較輕，生活中的短期記憶也還未沉澱下去，都隨著幾顆氣球從頭頂上的大洞飄出去。

我深呼吸，試圖穩住情緒，將自己從記憶的大後方拉回到當下，想知道這個故事會怎麼發展。無論如何，女孩心裡的洞絕對不能輕易修復，甚至不能完全修復，否則太假，我絕對不會買。

女孩以各種方法試圖填補這個空洞，美食、愛情、寵物、購物，就連浴缸塞子都試著拿來堵一堵，始終是徒勞，直到她往洞裡看，一層層向內看進去，洞裡有特別的色彩和旋律，並非無盡的虛空，那些都是她歷經時間淬煉的結晶，是生命經驗積攢下來兌換的禮物；其他人也有自己的洞，洞裡各有獨特的禮物，且正因為有了這些洞，才能穿一條線將彼此串起來，有緣串起來的人就隨緣交換禮物。

洞不會「好」，因為這個破洞並沒有讓你壞掉，而是鑿出一個開口、一條通道，即便你最初只能感覺到痛。

當然，不一定要將這本書看得這麼重，故事中的洞不盡然等同生命的創傷或憂鬱的苦痛，也許只是現代人常會經歷的某種不請自來又揮之不去的空虛。再次看封面女孩身上的洞，又像是魔術師帽子的洞口，你以為裡面空無一物，卻不知「空」正是它蘊含無限可能的必要。無論是讓人生暫時止步的痛，或是讓生活頓時蒼白的空虛，大抵也都是這樣吧。

店員說完故事，我立刻買下這本書。

注：此書已有繁體中文版，書名譯為《我的心破了一個洞》。

在故事的森林裡，無論事情的關連性多麼明朗，都不會有明快的解答，這是和數學不同的地方。故事的功用，以大致的說法來說，是把一個問題轉換成另一種形式，並藉著那移動的性質和方向性，以故事啟示解答的可能方法……那樣的可能性，從深處慢慢溫暖他的心。

——村上春樹《1Q84》（BOOK 1）

花季

奚淞的《給川川的札記》絕版多年後又重新改版上市，它曾是我的生命之書、救命之書。有幾年，我感覺自己沒有路了，沒有過去沒有未來，腳下盡是濕滑的溪石，我沒有可以好好說話的人也無法好好說話，我失去信仰，失去對世界的信任，對自己的信任，不太能笑，不太能真正清醒也不太能真正睡著，不太能閱讀，就算想躲進書裡也無法，僅有極少的書慢慢讀還能稍微讀得進去，如《給川川的札記》。

川川是奚淞假想的說話對象，也可能是藉著川川對自己說話。我讀這本書，就當自己是川川，一點一點撿回失去的某些東西，然後活下來。

後來雖然仍有好一段時間不太能好好與人說話，倒是能寫，在部落格上雜亂書寫當作寫信。我也寫給川川，不是奚淞的川川，是我的川川，即便因為種種原因換了部落格，川川躺下變成三三，都是假託有個對象，寫信給他，讓他聽我說話，也陪他說說話。

後來知道「內在小孩」的概念，我想，川川或三三就是我的內在

小孩，這個小孩 3 歲 9 歲 15 歲，或者就是當下寫信的我，一個而立未立的老小孩。我在信中聲聲呼喚他，漸漸也將自己散落的心魄召喚回來。

當年不夠謹慎，還來不及備份，名為天空的部落格就塌了。留下的信不多，這是其中一封：

* * * * * * * * *

三三：

因為生命中的來來去去、留下與離開，一位安靜的朋友變得更靜，渴望沉澱，以及沉澱後的清明。我沒有多說什麼，知道她只需要靜一靜，心湖上的波紋會再讓她熨得平整，甚至比之前更加澄淨。

生命中的來來去去，多麼無奈；無奈在於愛，在於愛卻不得不分開。且分離來得多麼難防多麼快，分離的那刻到來之前，沒有人會徵詢你同意。這麼決絕，所以無奈。

三三，我常與你談到愛，但你且將心放寬，別只解讀以愛侶之愛。

生命中的來來去去，讓你心受了燒灼的，都是因為愛。

三三，我們不也是來來去去進出他人的生命，有時候選擇離開，當下看或許是恨，但將時間拉長來看，將那當下放大再放大細細

查看，仍是因為愛。

我們不禁要自問，忙忙忙，忙著愛、愛得忙，為了什麼？最後，一切都不在了，還剩下什麼？留下什麼？

我因此想到蜜蜂。蜜蜂忙採蜜，你嚐到蜜的時候，甜進了心底；但蜜蜂忙過了、收工了、離開了，真的什麼都不剩了嗎？

如果願意向心湖上千百個浮沉的質問撒出一張網，收起，然後，轉身向岸上盼望，靜靜盼望……或許不需要很長的時間，你便能親眼望見，他們離開以後，留給你的，是下一場花季。

三三，那是遍野怒放的繁花啊。我們一起去看花。

* * * * * * * * *

某次重讀這封信，意識到花季的意象在我筆下頻頻出現，甚至在我寫的繪本故事裡也是。

《花地藏》書名就有花，平凡的蒲公英，在失語許久的小地藏眼中是一朵金黃色的小太陽。《小石頭的歌》終篇皆有花，求不得的花季，最後開出一個「以後每一年的花季都有你」的領悟。《媽媽是一朵雲》也有「那片像花的雲，變成一朵更大的花」，一朵雲的盛開，如同一場花季的預報，花會開，心也會開。

當我意識到自己無意識的寫下這些花季，又想再寫一封信給三三了……

由意象和幻想交織而成的心靈織錦遮護著我們，緩衝了生命的種種衝擊。

——黛安・艾克曼《心靈深戲》

紅

────────

日記本是隻身上路的旅人最好的旅伴，途中觸動你的見聞，翩然
現身的靈光，都能一一與它分享。它會很有耐心，靜靜的聽，將
你告訴它的一切妥當保存；它的記性好，川流的時光也沖不淡你
在旅途中曾與它分享的緣會與心情。未來再回顧這段旅程，便換
它說、你聽。只要我獨自旅行一定會隨身帶一本，難得的，在旅
途中寫日記。

十多年前，我為日本關西的旅行，選了「民間美術」厚約兩百頁
的速寫本作為旅伴。封面上的圖，是山野溪中的一葉輕舟，十分
靜好，頗有〈桃花源記〉「緣溪行，忘路之遠近」、「山有小
口，彷彿若有光」之感。在封底裡，民間美術創辦人呂秀蘭藏了
幾行字：「在空白書頁前，每個人都能拿起筆，靜靜的對自己分
分秒秒的難得生命，頂禮。」

我於是在輕賤自己的那幾年之後，重新抱著向自己頂禮的心
情出發。

第八日，我在奈良近郊佇立逾一千四百年的法隆寺。冬雨不停，

我也不趕行程，索性在寺院外圍的迴廊找一塊乾燥的地坐下，取出日記本想寫些什麼，才發現封面上竟多了一個好大的鮮紅色圓餅，那應該是稍早在車站蓋紀念章時，被我粗心沾染上去的。素淨的封面印上一片汙漬，無論我怎麼擦拭，鮮紅大餅依然懸在封面的山林間，更糟的是，原本只是一個圓，經我急躁的手一抹，紅色的墨跡更向外拓開。

因為懊惱，當時過於敏感的心一沉，我陷入一陣恍惚，只能直直盯著那團紅看，看了許久，雨都停了，渾圓的紅在失焦的視線中竟成了落日。既是落日，周邊那些被我愈抹愈大片的髒汙，不就是晚霞了？時間灌入日記本的封面，白晝已盡，畫中的漁人正撐著小船往薄暮裡去，若山間有寺，或許晚鐘正要敲響……

鐘聲將我從恍惚的爛泥中拔出來。

接下來的旅途，我沒再糾結封面上的紅，直至飛抵臺灣，我在返家的深夜巴士上，將日記本取出來看，頓時覺得它變得有些陌生。我在內頁貼了許多門票和剪貼過的文宣，讓它發福不少，但除此之外，必定還有什麼不同。

封面上的「夕陽」消失了！彷彿日落西山久矣，連晚霞都已褪去，不留一點痕跡。我真傻，當時何必那麼在意那一團紅？

那片紅，肯定不是那一刻才忽然消失，而是一點一點消化掉的。應該是我頻繁將它從行囊中取出、收回，經過無數次撫觸而漸漸

淡出，終於隱沒。

多像我們曾在生命的某一頁無心留下了汙漬，總是急忙去擦拭，
無力清理又不禁頻頻注視、責難自己，卻不知，有一天，它終究
會自你生命的紙頁上淡出。

我讀山田和明的繪本《下一站，紅氣球》，畫中飽滿的紅氣球，
以及故事尾聲暖暖的落日餘暉，總讓我想起那次旅途日記本上一
團意外來去的紅，那團紅，一度在我心裡掀起巨大的波瀾，而後
不復存在，卻也一直都在，留下永恆的霞光。

我從小認爲寫作，以及擅長寫作、像魔法師
或天神般創造出一個世界的人，帶有奧妙崇
高的色彩。我過去一直覺得，有人竟能深入
其他人的內心，將跟我類似的人抽離自我，
然後再引領我們回到自我，實在很奇妙。

——安・拉莫特《關於寫作：一隻鳥接著一隻鳥》

分傘

我對雨向來很有戒心，雖不到綜藝短劇「七先生」長傘不離身的程度，但是出門前一定關注天氣預報，即使降雨機率極低，也會隨身帶一把折傘。仍騎機車代步的那些年，雨天就改搭乘其他交通工具，絕不猶豫。偶爾也會失算，出門時分明如預報晴空萬里，回程正要上路卻風雲湧動，只能一路加速，祈求風雨別追上來。

被暴雨襲擊最慘的一次，烏雲追得很緊，雨滴衝撞在身上如子彈射擊，我雖有傘卻沒有雨衣，只好將機車停在路旁，躲進連鎖咖啡店裡。那是 2009 年的夏天，一週之前，人們仍在祈求颱風能挾大雨來破解大旱，不料及時求來一個水利署譽為超完美颱風的莫拉克，它卻笑裡藏刀釀成大災。果然這世界沒有什麼是超完美的。

因雨坐困近三個鐘頭，幸好有書消磨時間，只是稍早不知為何又拉傷背，連呼吸都痛，加上店內冷氣幾乎要吹出雪來，背部肌肉拉得更緊，一個字都讀不進去。想起不久前離世的 A，他十年來

苦於愈加惡化的僵直性脊椎炎，每日都要承受更甚我百倍之痛。

雨未停，但我已經無法待在店裡，走出店外貼牆站著，在狹仄的屋簷下枯等，一時無法決定自己的去留。雨下了那麼兇那麼久，天色依舊那麼暗，絲毫沒有清明一些。又想起 A，最後一次見面也是在這樣的咖啡店，以及我們在 msn 最後幾次談話，他在病苦最惡的時候放棄治療卻不放棄鼓勵我，想到他後來四方去旅行猝死他鄉，我的心也和天色一般灰。

一個大約十歲的女孩撐著透明小傘走來，本以為她要進咖啡店，直到她在我面前止步，仰望站在一級臺階上相對更高的我，朝我說話，我才明白她是特意為我而來。

女孩聲音細小如雛鳥，偏偏我背痛得無法俯身聽清楚，她重述三次，我總算聽懂她是問我：「沒帶傘嗎？」沒等我回話，握著小傘的手已向我伸過來。

「要分我用嗎？」女孩聽了，笑而不答。

「謝謝，我有雨傘。」我指著背包，她點點頭，踩著粉紅小涼鞋啪噠啪噠，很快消失在街角。女孩離開之後，天依舊很陰沉，眼前的街景卻明亮許多。

這世界的確沒有什麼超完美的事物，但活在這世上，不知道什麼時候，在很平凡的場景、很小的事件裡，你還是能夠在那當下獲

得片刻的超完美體驗，一點點就夠推著你繼續上路，往眼前這個總是不完美的世界邁步。

這已是多少年前的事了，後來我讀《下眼淚雨的一天》，覺得當時的女孩又來到眼前，她真像故事中的小熊，打起傘，哪裡飄著眼淚雨就往哪裡去。最近翻譯一套名人傳記繪本的兒童手冊時，讀到美國非裔詩人瑪雅・安傑洛說的「試著在某人的雲朵中，成為一道彩虹」，又再想起那女孩。那日她走後，為何一切都亮了起來，我已有解答……

女孩朝我遞來的，是一把傘也是一道彩虹，倏地劃開天際也劃破灰心的一道彩虹。

很多故事都沒有結局呀……故事停在它最想停的地方。但是人生不一樣，人生無論如何都會過完，今天會過完，一禮拜會過完，一生也會過完，人生會有結局，但不是每個結局都是好的，但記憶會停在最美的位置，停在最美地方的都是好故事。

——甘耀明《冬將軍來的夏天》

參雨

凌晨三點下起大雨,雨水落在各層樓長短不一的石棉瓦窗簷上,積水流洩而下,氣勢磅礴,防火巷內很快就有一座轟隆作響的大瀑布。重回夢鄉之路遭阻,翻來覆去煩躁嘆息也無濟於事,不想過早起床,只能躺平等雨停,或至少等雨勢轉小,等瀑布別再咆哮。

偶爾整夜好眠,但早晨醒來不見一點明媚,只見厚重的烏雲鋪滿天,天色形同向晚,一早眼睛亮起來,心卻暗下來。難免有這樣的日子,陷入幽暗之中,各個方位都試著走一段了,就是走不出去。但心急也沒有用,雖然實際上並未下雨,還是只能等「雨」停。

多雲陰雨的天氣常是焦躁憂鬱的隱喻,成語如「烏雲罩頂」更是具象化了厚重的情緒。繪本中,具象化不必靠文字,圖畫就可令人一目了然,舉凡英國的《威利和一朵雲》、澳洲的《烏雲先生》都是如此,日本的《山田家的氣象報告》也用了烏雲描繪孩子受罰時的鬱悶;義大利的《有時烏雲密布,有時萬里無雲》中

文譯本的書名很長，但原文就只是 Nuvola，雲，且封面上的女子豈止烏雲罩頂，簡直是滅頂。

雨是從什麼時候開始漸漸被人們視為逆境？

從什麼時候開始，我也視雨為逆境？

多年前的新年正月，我去京都逗留半月，最後幾天冬雨不斷，雨勢不大，但就是不斷。走在寺境偌大的大德寺內濕冷難耐，撐著傘想拍照又要小心不弄濕相機實在麻煩，索性不再拍照。「不拍了，不拍了！」嘟嘟囔囔走了好一段路，忽見屋頂上一片瓦擋沒有紋飾也沒有鬼面，只有「參雨」兩個字，我仰頭看著，眼鏡上釘滿水珠。

雨有什麼深意？竟至要參？

在長牆邊駐足許久，我並沒有悟出什麼道理，也沒聽見其他天啟，只聽見肚子發出飢餓的信號。那是旅途的最後一個上午，我往回走，打算吃過午餐就去機場準備出境。走了好長一段路之後，又折返去拍下「參雨」。

無論是實質意義或是心理層面的雨，這兩個字對我來說都是一個提醒，一份待拆的禮物。

多年來，我對隱喻層面的雨較能平心看待，可以靜待雨停，情緒襲來時少了幾分狼狽；但實質意義上的雨，我偶爾還是會因

為種種不便而感到不耐。參雨多年，禮物仍未完全拆解，領悟還很有限。

前幾年開始帶習慣跟團旅遊的父母親在日本嘗試自由行，某次從東京轉車再轉車，前往栃木縣足立花卉公園賞日本聲勢第一的紫藤花。春日天氣多變，好不容易抵達竟遇上不小的雨。父親累了，又被雨掃盡興致，悶悶不樂。

陰雨之中，花團錦簇都失了彩度，我們在花棚下等雨停，等不到雨停。

參雨！我想起這兩字，但要心火正旺的父親「參」，結果大概會很慘。自己靜靜參了一下，一邊偷偷觀察失望的兩老，腦中浮現年少時讀過的兩行詩，也跟他們說──「待得天晴花已老，不如攜手雨中看。」

有參有保佑，那日後來，雨仍不斷，但我們攜手雨中賞花，至今難忘。

參雨，有時要等雨停，有時要在雨中行。

我發覺自己的人生並未被困在現實之間，而是與故事寬廣的水脈相互連結。我一邊傾聽這水聲，一邊實際感受到我活在自己的故事裡，覺得好安心。

——小川洋子〈串聯起所有一切〉，

收錄於河合隼雄《活在故事裡：現在即過去，過去即現在》

天地一石頭

童年時常覺得學校是牢籠，在我認識「水的三態」之後，便不時在幻想中化身為水，遁逃出教室，上天下地去神遊。知識為我提供想像的依據，想像使人精神自由。翻讀《小水滴，祝你旅行愉快》，驟然憶起我對那一課的感謝。

書中的小水滴，不是地球上的任何一滴水，而是特定的一滴。作者讓讀者僅僅凝視一滴水，並賦予它來歷和出發的契機。一開始，那滴水說：「貓兒把我獨自留在碗底，我便決定出去走一走。」

日光將它蒸騰為水氣、加入一朵雲，滯留在山頂。夜裡降落時，它成為一片雪花；曙光乍現，才又變回水滴，滲入地底，流向河川，潛入深海，並「向深海的朋友們打了招呼」。看來，這並不是一段初旅，亙古以來，小水滴就四處行腳了吧。

最後，它再度化為雨水，跌落在一個「奇怪的石頭背上」，小水滴說它是一個「好像一直在等著我的石頭」，那其實是蝸牛，蝸牛性喜潮濕，所以靜候雨的降臨。作者這麼寫，讓偶然相遇的一

幕，詩意化為命定的重逢。

我也曾經遇見過一顆「好像一直在等著我的石頭」。

有幾年，心無處安住，常常陷入毫無喜樂的死寂，那段日子頻繁獨自旅行，不為遊玩，只是迫切渴望從我所在之地蒸發出去。

某次我落在花蓮七星潭海岸，月牙灣海天雖美，我或坐或躺或俯臥都無法平靜下來。定睛一看，許多河豚散落岸上，散發陣陣腐臭逐客，我撐起身體打算離開，發現一顆神似排灣族琉璃珠眼睛圖騰的卵石，一直躺在我身邊。

「你來了呀！」它彷彿這麼對我說。

排灣族的眼睛之珠，象徵祖靈之眼守護，我偶然得知以後，便蒐集了許多。在腐敗的生命狀態中，乞求一份無以名狀的安慰。

我拾起它，與太平洋相約：借我十年，令我不忘天地有眼看顧，十年後必當歸還。

雷光夏的〈黑暗之光〉發行時，正是我生命陷落最深的一年。收下這顆石頭那日，耳機反覆播放的就是這首歌：「海靠近我，空氣濕了；美麗的夢，請別遠走……」當時的夢離我遠去，我也不斷遠行，在靠近海的地方，遇見一顆一直在等著我的石頭。

十年後，我帶著這顆石頭回到七星潭，依約奉還給太平洋，腦中

自動回放〈黑暗之光〉，但彼時的我和今時的我已不相同，如歌詞最後所寫：「黑暗溫柔，改變過我。」

將石頭投入海中，我不禁想，它什麼時候會再次被沖上岸？會不會再遇見另一個需要看顧的人？

我們是不是也像海邊的石頭？動靜不由自主，大半時間只能仰望天空，在日間受光照拂，在夜裡受黑夜包覆，不斷被沖刷，被淘洗，濕了又乾，乾了又濕，最終，成了現在的模樣，成了一顆等著某人的石頭，也稍微長出一些可以看顧他人的力量。

我問她在寫什麼，她說自己在「寫一個故事」。

「寫故事要幹什麼？」

「寫故事去救一個人。」我猜她是這麼說的。

——吳明益《複眼人》

故事的拯救

在多重意義上，我是一個時常得到故事拯救的人。

我想，我們多半都在各種層面受惠於不同類型的故事，舉凡小說或電影中的虛構故事，散文或傳記中的真實故事，幾句有故事感的短詩，乃至多半被歸類在童書區的繪本故事。

說自己時常得到故事的「拯救」，乍看或許是感情用事的誇飾，但有時跟著某篇故事主角走出心中長長的雨季，偶爾也會頓覺自己迎來一片天清，獲得片刻喘息。你曾有過這樣的時刻吧？甚至，只是驀然翻頁讀到的一段話，也可能將你從谷底撈起，稍微整理行裝，又有一點力氣，向難行的山路再走去。

例如，《走進生命花園》有一頁這麼寫：「孩子看到了眼淚。他想，應該學習擁抱，學習不要害怕親吻。應該學習說『我愛你』，即使沒有人對你說這三個字。」

在多次演講中朗讀此書，這段話才剛從我這端傳至聽者那端，隨即感覺到一波波震顫回傳過來，那是某幾個人的心，或者靈魂，

被這段話喚醒了一些；這是故事的力量，如此純粹，不需說什麼大道理，也不必聲嘶力竭對你加油打氣，只需要讓你「醒來一點點」就足矣。

我也期盼我所寫的故事，多少有這樣的力量。

不過，故事的力量是需要打開感性才能接收到的，理性的分析與判斷最好少一些。我的第一本繪本《花地藏》出版之後，大人讀者對故事裡關於人生跌宕起落的隱喻很有共鳴，但卻不時有人問：「這是寫給大人看的吧？生命經歷有限的孩子看得懂嗎？」暫且不論大人與孩子並不是對立的兩端，只要故事描繪出「生而為人」的某些共感，大人小孩都能各自在故事中收到特別的訊息。

有個書店的孩子讀了《花地藏》許久之後，某日與母親一起讀芙烈達・卡蘿的故事，孩子沉吟片刻後說：「芙烈達就像花地藏，她的畫就是她的花。」

《花地藏》的故事，來自我多年前在畫冊裡寫下的一段話——「有一天，你會學會感謝那在你心口上掘洞的傷。最初是一個空洞，時光為它覆上飛砂，種子隨風落定，歲月贈你香花。」

這段故事的緣起，我曾在《花地藏》的新書活動中分享，那孩子也在場，無論他是否記得，肯定都已接受到故事給他的訊息。

這些年，工作與生活不外乎是寫故事、說故事、翻譯故事，我受惠於故事很多，故事也多次拯救我，只是我從未想到，我寫的故事會像這樣留在某個人心裡。諸如此類的事，若再傳回我耳裡，故事所創造出來的新故事，如「芙烈達的畫就是她的花」，竟又在現實生活的種種停滯或不可攀越的當口，再一次拯救我。

〈輯三〉
複眼

故事原本最迷人的地
方，就在它把人帶進
一個異質的時空中，
放掉了自我，融化在
故事創造的時空裡。

——楊照《故事效應》

報站童

離峰時段的公車,座位一格格如冷凍庫裡的製冰盒,互不相識的乘客彼此保持很冷的距離,冰冰的避免任何交集。一上車,我也找了一個空格坐進去,冷氣強力吹送,我也面無表情,加速固化成冰。

車上仍有空位,一個大塊頭的小學生卻不坐。公車開動不久,他忽以中性的童音大聲報出下一個停靠站,先是華語,接著再複誦以臺語和英語,口齒清晰,發音好聽,絲毫不馬虎。

當公車以過快的速度大弧度轉彎,他抱緊立桿,同時不忘冷靜提醒:「轉彎中,請小心。」見老人家上車,他便箭步去帶位,好生客氣說:「車要開了,這邊請坐。」老人家按下車鈴,他也立即上前關心:「請稍等,車停再起來。」待車停穩,他出手去攙,貼心叮嚀:「下樓梯請小心,並注意後方來車。」

他的服務周到細膩,即使與乘客互動,也密切留意公車行進動態,不曾錯失任何一站的停靠預報。每回以三種語言報完站名,車也正好進站,流暢、精準有如電子報站機,卻又比預錄的合成

人聲多了一分溫度。

還不只這些，和有孕的年輕媽媽寒暄，他也能一副過來人的姿態說：「照這個樣子看來，應該是快生了吧！」對方微笑，回以次月就要臨盆。

不需報站、未與乘客搭話的空檔，自己加冕的報站童也不得閒，那些空白，他多半填充以「歡迎搭乘藍 27 公車」、「博愛座請禮讓老弱婦孺」、「祝您乘車愉快」，每一句都萬分真誠。

對於男孩自發性的車上服務，駕駛員始終不置可否，許久之後才出聲說：「這一站不停了，我要直接開去內湖焚化爐把車銷毀。」駕駛員脫下帽子搔頭，忍著笑意說。

「為什麼？」報站童大喊，沒有意會到那只是句玩笑話。

「你說個不停，我頭好痛！」駕駛員勉強正色，從照後鏡觀察男孩的反應，笑意就要從眼角的紋路間突圍而出。

「我免費幫忙耶，叔叔你沒說謝謝，還抱怨，很討厭吶！」男孩抗議，環抱立桿安靜下來。公車繼續駛向下一站。

緩緩的。

靜靜的。

冷冷的。

公車即將進站……

「○○○到了，○○○到矣，Next Station ○○○。要下車的乘客請準備！」報站童不禁又以三種語言報上站名，眼角餘光怯怯飄過駕駛座的照後鏡。

油壓車門「汽」一聲開啟，司機和報站童齊聲說出「感謝您搭乘藍27」，都忍俊不住笑開了。一位女士在笑聲中上車，滿臉狐疑，也一粒冰塊那樣坐進一格塑膠皮座椅。

這位報站童真像繪本《好好愛阿迪》與《亞斯的國王新衣》中兩個男孩的綜合體，如此與眾不同，純真而執著，有人覺得他們突兀礙事，但今天這男孩卻讓製冰盒一般的離峰公車變得大不相同。

我最終帶著解凍的心，水水的下車，留在原地目送公車駛離。在報站童下車前，這可愛的情節還會怎麼繼續，我已無法得知。可以確定的是，在我之後，也將有其他乘客，在男孩的熱情服務中解凍，同樣會水水的下車，輕快的在歸途上蕩漾。

這些故事和劇本呱呱落地，而我只是順其自然罷了。

——雷・布萊伯利《寫作的禪心》

街頭藝人

選修人類學系教授客座的「民族誌研究」課程，必須選擇與自身職業和研究領域毫無關聯的對象，模擬人類學家進入陌生的異域田野，長時間貼近觀察某人或某個族群後寫成期末論文。我選的是街頭藝人，徵得一位在臺北捷運地下街演奏手風琴的視障街頭藝人同意，展開為期兩個月的研究。這是我寫過最費時，但絲毫不覺時間白費的論文。

讀《皮可大冒險：想像不到的朋友》，主角是從異次元遠航到現實世界的想像生物，外型如棉花糖、日式大福和臺式飯糰綜合體，當他走進地鐵站，在演奏手風琴的街頭藝人身旁，只見人們行色匆匆，不解為何「沒有人停下來聽音樂」，我浮現很強的既視感，頓時忘了他造型多麼可口。十多年前模擬人類學家之初，我也一度懷有相同的疑惑並為此著急，心想沒人停下來與街頭藝人互動，我的期末論文難道要整理表演歌單？

數十個假日與平日的各種時段，我在藝人的表演地點觀察、訪談、聽藝人在休息時間說故事，漸漸發現駐足欣賞的行人雖然有

限，但也不算少。多數人確實不會為音樂留步，但仍有人流露驚奇或歡愉的神情，臉部線條變得鬆軟；更有人邊走邊拍手，搖頭晃腦打節拍、吹口哨，甚至跟著樂曲唱上幾句。

藝人也能從特定的掌聲辨識出幾位常客。鼓掌節拍錯亂的，必定是有喜憨兒特質的廖先生，他每週兩天會在下班後來聽歌，一站就是一小時，藝人一定會為他演奏〈伊比亞亞〉作為第一曲；廖先生固定待到六點半，藝人也總是獻上〈祝你幸福〉作為再見曲。

若是飽滿的掌聲在地下街那端炸開，必定是從東湖搭車前來的蘇老先生到了。他一來便取出一枚硬幣說：「賞你五十塊！」藝人笑而不語，隨即演奏一串鄧麗君的〈小城故事〉、〈千言萬語〉、〈淚的小雨〉、〈何日君再來〉……，老先生就在公共座椅上閉目聆賞，心滿意足了，才起身再次報以如雷的掌聲，不發一語默默離去。藝人曾因體力不支想提早收工，卻招來老先生抱怨，藝人理解那興許是鄧麗君領著老先生追憶似水年華，回憶的流水倏然受阻，失落感難免，從此只要第二輪掌聲還未響起，定會忍著肩頸疲勞，為老先生反覆演奏他鍾愛的微甜鄧氏小調。

若有幼兒在一旁發出童音，藝人也會隨機演奏兒歌組曲，孩子便跟著歡欣起舞。但藝人演奏的歌曲還是老的多，〈思慕的人〉、〈望你早歸〉、〈最後一夜〉、〈濛濛細雨憶當年〉……。某位年長的街友偶爾會現身，徘徊顧盼一陣，就隱沒在廣告燈柱後聆

聽。另一位老太太時常來等待地下街麵包店的女兒下班，與藝人之妻比鄰而坐聽歌，眉心受音符輕撫也暫時舒展開來。

藝人身邊的故事還有許多，除了熟面孔，也偶有新的邂逅。研究時程還未過半，我得到的資料就遠超過撰寫報告所需，也早在研究開始的幾天就完全放下「沒有人停下來聽音樂」的憂慮。停下來的人總是有的，多半也是有故事的人，他們，或者我們，稍微疏離的聚集在手風琴方圓幾公尺，未必知曉彼此的故事，未必懂得彼此的寂寞，但一起寂寞，也就夠了。

我會寫下一些故事，而我會寫下這些東西的原因是

我相信這些事情——這不是相不相信歷史事件真偽

的層次而已，而是像有人相信一個夢想或是理念那

樣的層次。

——波赫士《波赫士談詩論藝》

卡夫卡限時批

長久以來，卡夫卡給讀者的印象不外乎沉鬱、掙扎、不安、疏離……，甚至有人形容他的小說如迷宮、夢魘。中篇小說《變形記》應是他最廣為人知的作品，他似乎也像自己筆下驟變為害蟲的青年，惶然無措，和家人、時局格格不入。

卡夫卡離世前曾囑咐伴侶和摯友燒毀他所有的文稿、日記，幸好兩人仍將其中大部分保留下來並促成出版。以往，卡夫卡的讀者可能是在他的故事中看見自己陰鬱的那一面，得到一點代言和抒發；如今有了改寫自佚事的繪本《卡夫卡說故事》，我們又能看到截然不同的卡夫卡。

在卡夫卡離世前一年，某個秋日的午後，與當時的伴侶朵拉在街上散步，發現一個女孩因為心愛的娃娃不見了而在路旁哭泣，卡夫卡問出原由後，告訴女孩──她的娃娃是自己出發去旅行，而不是被她弄丟了，不只如此，娃娃還在旅途中寫信給她，要他轉交給女孩。

想當然，這是卡夫卡善意的謊言，但他隔天真的帶了一封信給女

孩，一封接著一封，都是娃娃在冒險途中捎來的所見所聞，從法國、英國、西班牙、摩洛哥、埃及，最後甚至遠征到南極。這些信件的內容都是卡夫卡杜撰的，無論小女孩是否信以為真，終究得到了安慰。

卡夫卡也有這麼細膩、溫暖的一面。

這個故事「據說」是真實發生的事，沒有任何文字記錄，在他留下的日記或隨筆中都沒有，直到卡夫卡最後一任伴侶朵拉多年後轉述給一位傳記作家，才有機會流傳出來。當初為娃娃代筆的舊信件已佚失，《卡夫卡說故事》的作者將這段佚事繪本化時，也只能憑想像去寫，雖然有點可惜，但正因為無法百分之百重現，也才在當代有了新的樣貌……

據說，又是據朵拉所說，卡夫卡當時健康狀況已惡化，餘命不多，必須讓娃娃的旅程畫下句點，經過一番苦思，才讓娃娃在信中告訴女孩自己即將結婚，並在婚後步入家庭生活，無法回到女孩身邊。不過，轉化為繪本故事的結局可不是如此，作者認為當代女孩對長大成人後的生活有更多的選項，她選擇調整結局，畫家也在故事的最終，以圖代替文字，留給讀者更多想像空間。

這個空間，是對於那段佚事後續發展的想像，也是每個女孩值得擁有、可以開創的人生壯旅。

無論是繪本中的女孩或百年前在柏林與卡夫卡相遇的女孩，都不

知卡夫卡何許人也，但卡夫卡溫柔的心意，已點亮她們心中一隅；對於距離人生盡頭不遠的卡夫卡而言，能夠看見一個孩子在悲傷中復原，也是莫大的安慰吧。

短篇小說〈判決〉是卡夫卡本人最愛的作品，故事最後，主角青年遭受父親百般拒斥，被父親判以跳河自盡的死刑。他握著橋上的欄杆，鬆手落水前低聲說了一句：「我可是一直都愛著你們的。」儘管行經橋面上的車聲掩蓋了他的聲音，他的宣言也已然成立。

讀完《卡夫卡說故事》再重讀〈判決〉，我無法否認卡夫卡對世界仍是有愛的，儘管他說得那麼小聲，儘管被喧囂的世事、紛雜的毀譽淹沒，仍有人聽見，並傳述出去。

現在，你也聽見了。

當你說故事的時候，就像在釋放你體內所有的恐懼，就像是你為故事賦予了意義。

——賈桂琳·伍德生《星期五的沒事教室》

荒井有光

每日打開新聞頻道、社群軟體，湧向眼前的時常是失速發展的世界，充斥惡意資訊的世界，貧富差距以光年計算的世界，人命在暴政與災難中如同螻蟻的世界……，當我為世界的傾頹難以挽回而感到焦慮，總會在荒井良二的繪本中找回一點平靜，且據我所知，我並不是唯一受惠於荒井良二作品的讀者。

他的《天亮了，開窗囉！》最初雖然與311震災沒有直接關聯，卻成為災後撫慰無數日人的重要之書。書中的圖從城市、小鎮、鄉村，到山間或海濱的聚落，僅僅是日常風景，但正因目擊了劫難的無常，日常最是難得。此書的文字極為簡單，「天亮了，開窗囉」不斷出現，貫串全書，像是一句反覆持誦的平安咒，或是一個捎來希望的承諾——天亮了，黑夜已過去；打開窗，風會吹進來，光也會照進來，掃去鬱悶和陰霾。這扇窗，是物質意義上的窗，也是心理層面上的窗。

五年後再推出的《今天的月亮好圓》，也和《天亮了，開窗囉！》有相似的格律，此書同樣讓讀者看著尋常的月夜反覆吟

誦「今天的月亮好圓」；這已不是安魂曲，而是催眠曲。事隔五年，黑夜也不再是大劫的隱喻，只是平凡日子的間奏，可以用平常心看待，安心度過。

前陣子為了在專欄中介紹荒井良二，仔細爬梳我所能蒐集到的所有資料，發現他的圖畫在獲頒林格倫紀念獎之後似乎有了一些改變。整體而言，依舊漫布天真爛漫的氣息，但用色更明亮，螢光色更奔放，畫面背景則更添幾分粗礪的質感；即使詮釋經典童話《睡美人》，在稚拙與華美的平衡之間，粗礪的質感依舊相當明顯，彷彿在繪本中保留了真實世界不太完美，也不可能完美的那些面向，再以純真的意念層層包覆，如包覆受到粗礪之事、尖銳之物劃破的傷痕。在最新的《孩子們在等著》中，依然保有這樣的風格。

雖然我如此解讀，但我相信他未必是懷抱著某種神聖的使命，自許要為世界療傷，何況他認為讀繪本是一個不需要急著尋找答案的過程，怎麼會試圖給出答案或解方呢？不如這麼想像——他就是玩醫護家家酒的孩子，只是在遊戲中替玩偶包紮傷口；就算沒有人真的受傷，仍傳遞出柔軟的心意。

《孩子們在等著》依舊以純真明亮的圖畫，襯出簡潔且節奏穩定的文字，安撫我的心；每一頁還有各種樣貌的地平線，看著手上的書彷彿也能眺望遠方。有時是壯麗的大景，點綴著小小的人兒，以各種姿態活在當下，再怎麼微不足道的小事都值得盼望；

有些頁面的場景是室內，孩子與房屋陳設相比呈現不成比例的迷你，或許是因為世界對孩子來說如此新鮮，即使在屋內，也宛如置身在廣大的世界裡，棉被的皺褶也能成為地平線，隨時有值得期待的事物上場。

此書 2020 年在日本出版時，世界正面臨肺炎疫情的威脅，和《天亮了，開窗囉！》的出版時機很相似，皆是人心危脆、惶惑不安之時。《孩子們在等著》最後，窗的意象又再出現，此時窗簾低垂，簾幕後已透出晨光，孩子們仍熟睡著，但我們可以確信，等到拉開窗簾的那一刻，光就會遍灑進來。

光會遍灑進來。孩子們在等著，我們也都在等著。

我們的想像應奠基在我們的生活、經驗與一切回憶

上。但我們的回憶包含孩提時代聽來的傳說、神話

及童話故事……一切一切。

少了故事，我們便不完整。

——尼爾 · 蓋曼《從邊緣到大師：尼爾蓋曼的超連結創作之路》

從雜質中走來

2015 年讀了馬尼尼為自己獨立印製的平裝版繪本《貓面具》後，我一直相信像她這樣的創作者，憑藉生存的直覺就能為臺灣的繪本風景造出更多奇山峻嶺，如今已是現在進行式，且看她由馬來民間故事轉生的《金山公主》以及純真野氣的《姐姐的空房子》便知。

縱然她在文集《我的美術系少年》開篇第三段就說了「身份也不重要。不要提我的身份」，並加強補充「我的故鄉不重要。我的童年跟你是一樣的。沒有人想和故鄉一刀兩斷。也不用事事都扯到故鄉。我對南洋不熟……我的南洋只有我的家。我家附近的商店。我媽媽種的東西……」但她的馬華文化背景確實讓臺灣的繪本樣貌豐富許多。

年少便來臺灣求學，工作、生活、育兒、創作，一路走來雖然頗多掙扎碰撞，但也總讓讀者在她作品中感受到一股勁道，有人說那未免太過鋒利，但這對創作者而言是重生之必要；對讀者來說，那鋒利的筆亦可劃破我們習慣如彩色充氣遊具的閱讀

舒適區。

後來她得到國家文化藝術基金會補助，再出版新作《老人臉狗書店》、《我的蜘蛛人爸爸》，並納入幾年前獨立發行的《貓面具》，合音唱出「隱晦家庭三部曲」。在《貓面具》的前世與今生之間，似乎可以感覺到她在繪本創作上又更加親近讀者一些，但在同系列另兩本《老人臉狗書店》和《我的蜘蛛人爸爸》中，依舊借力故事的轉化之術「賜死」丈夫，讀至此，以和為貴的讀者先別擔心，書中沒有血腥暴力的情節和畫面，反而吐露平靜、解脫與重生的氣息。

例如《我的蜘蛛人爸爸》開場如此破題：

「爸爸死了。再也沒有人對媽媽說惡毒的話。」

到了中段，故事中的媽媽說：

「爸爸永遠不會回來了。他變成了一隻蜘蛛。」

變成蜘蛛的爸爸，回來陪孩子玩，似乎是要彌補過去的缺席，但故事最後，句點落在孩子說：

「回去吧爸爸！不要再來找我了。」

這與我們習慣的大和解大團圓的美滿結局大不相同吧？

讀繪本不妨從各種視角切入，可以單純欣賞這些作品的文學性和

藝術性，它們給讀者餘韻與對話空間；也可以從成人女性的角度去讀，尤其適合同樣想（無論是曾經想、偶爾想或無時無刻都在想）「賜死」丈夫的讀者。

又或者，當然可以與孩子共讀。先放下過多的預設立場，故事本來就有千百種，如同真實世界的家庭有千百種，都讓孩子在故事中看一看。況且，馬尼尼為善寫詩，看似直白，卻依舊是這裡藏一些、那裡少說一點，為讀者保留了充分的空間。因此，孩子說不定只覺得故事中發生的事奇異神祕，對家的樣貌、人有正面也有背面都多了幾分理解。

也說不定，孩子就如《老人臉狗書店》最後一頁男孩所言：「從那天開始，我突然會自己看書了，突然也覺得自己長大了。」聽了故事之後，也「突然」懂了點什麼，那是無以名狀的，某種成長必要經歷的，蛻變與重生。

注：本文文題係呼應馬尼尼為第一本散文集《帶著你的雜質發亮》。

每個人都有自己的故事。

生命是編織「自我故事」

的過程，而這個故事裡

包含了「命運」和「自由」

兩個部分。

——戶田智弘《不只是寓言》

豆子哲學

如果說尼爾・蓋曼是小說的故事之神，那麼，出身義大利的大衛・卡利也堪稱是兒童文學界的故事之神，他的創作以繪本故事為主，靈感源源不絕，多數作品都能引發兒童共鳴，提供無窮的閱讀樂趣；也能喚起成人的童心，重新感受到世界的可愛，甚至，發現自己仍有可愛的一面。

大衛・卡利與各國眾多畫家合作，作品在超過十個國家首發，著作等身，風格多變，永遠新鮮。近幾年，他與畫家賽巴斯提安・穆藍接連合作一系列主角身型纖巧的《小豆子》、《小豆子的大冒險》、《小豆子的繪畫學校》，又是另一種風格，文圖皆清新、機智、遍布巧思，加上可以跟著小小的人兒一起領悟小小的哲理，也成為我非常喜愛的作品。這系列圖畫用色很清爽，尤其呼應主角，用了許多不同色階的豌豆青，為清爽的視覺感受更添幾分溫潤。

「小豆子」是個體型比豌豆大不了多少的小男孩，一出生就那麼小。故事主角的設定很童話，但他身處的世界和生存條件卻十足

現實，沒有與生俱來的天賜神力，也沒有精靈的魔法護佑，可以想見他在日常生活中有多少問題得克服。而且，以他的體型度量，問題的難度門檻又相對更高，不過，小豆子和他的媽媽都很有創意，可以跨越諸多難題。在系列第一本的前半段，這些創意真是驚喜的宴席，一道道上菜，令人莞爾也佩服不已。

開始上學之後，小豆子的挑戰更是接踵而來。他進到一般的校園，沒有客製化的待遇。回想我們在義務教育階段的校園生活，即使人人性格、能力、生活習慣迥異，卻都必須學習融入群體，百般不易；因此，小豆子雖然是虛構的故事主角，入戲的讀者除了為他心疼著急，也許還能在故事中依稀看見自己。

那麼，即便是那麼小的小豆子都可以度過重重難關，出人意料的生涯發展甚至跌破教育專家眼鏡，應該也能提供曾經或正受困在職涯想像的大人讀者一點支持和激勵。

生涯，確實是貫穿這系列的潛在主題，故事節奏明快，在系列第一本後段就能看見小豆子開始自立生活、創業的情節；系列後兩本同樣延續生涯的主題——職涯的瓶頸與超越、職涯轉型、多角化的事業經營。小豆子雖然嬌小，卻有無限可能，最棒的是，他怡然自在的生活態度，更是教人喜愛。

我特別喜歡的一張圖，是全系列僅有的一張夜景，小豆子躺在睡蓮葉上仰望滿天星空，文字寫著：「有時候，他會躺下來東想西

想，想像宇宙有多大。」面對廣大的世界、無邊無際的宇宙，就算是體型「正常」的我們，其實也不比小豆子大上多少，若我們也都是宇宙中的一粒小豆子，閱讀小豆子的故事，他的自立與自在，纖細卻不脆弱，說不定真能給我們一些信心與勇氣。

人們公認，嚇唬孩子是不好的，但桑達克相信孩子早就懂得感到害怕，他們渴望看到有人以驚悚的方式呈現出他們的焦慮。因此，桑達克的許多作品介於遊戲和恐怖之間，在那引人入勝、純屬幻想的空間，你由於看見最深的恐懼而笑了出來，而那些恐懼也在最深和最高的層次展現樂趣；桑達克並不是把恐懼驅走，而是與之嬉鬧，樂在其中。

——凱蒂·洛芙《不要靜靜走入長夜》

暴走奶奶

許多人認為繪本是兒童的讀物，對成人來說未免幼稚，同時，近年主打大人味的繪本書系又引領一陣風騷，讀者會不會漸漸接受這種二分法，認為某些繪本只適合小孩，另一些才適合成人呢？

暫不論認知學習功能的繪本，不少繪本的魅力都足以突破讀者年紀的界線，不僅對孩子與成人皆有可讀性，更有機會成為雙方的心頭好，譬如書名帶著相當音量與情緒的《別來煩我》。

先從成人的角度來看。故事主角是與三十個幼兒同住的老婆婆，任何大人看了都會寄予同情。她打算在冬天來臨之前為孩子們織毛衣，但孩子們將毛線球當玩具，老婆婆一肚子氣，打包行囊準備離開。

即便如此，卻無法走得瀟灑。離家之前，她在孩子干擾中將床盡可能鋪整齊，將地板盡可能打掃乾淨，甚至還坐下來喝了一杯講究的熱茶，才扛著大布袋離開。

看著老婆婆在煩躁的家務生活中，寄託一杯講究的茶以守護內在

的寧靜，成人讀者多半能感同身受；當她走到村子口，還回頭越過全村大喊：「別來煩我！」這般不顧他人眼光的發洩，同是家庭淪落人看了，豈止療癒而已。

故事中的奶奶不對孫兒慈祥包容，還如此怒目相向，拋家棄孫，真的沒關係嗎？不會在小讀者心中留下陰影嗎？

這麼想的話，未免太小看孩子以及一個好故事。

老婆婆並非只是負氣離家，反而是為了尋找靜謐之處盡快織完三十件毛衣。至此，再回想她離家前竟還清潔打掃，足見她心中牽掛之深。此等又愛又氣糾結之強韌，經歷過的大人都會含淚會心一笑吧。

再從孩子的角度看。故事發展的節奏非常有趣，老婆婆離家後，走進森林，爬上高山，甚至超現實徒步走上月球，雖沒有孩子鬧場，卻也有其他生物頻頻打斷她的編織工作。老婆婆一再大喊「別來煩我」，氣場之強大，甚至敢直指大熊的鼻子怒吼，聽故事的孩子肯定會以驚奇的大眼盡興大笑，對老婆婆致上最高敬意。

老婆婆從頭至尾只有四度開口說話，每每都是大吼「別來煩我」，入戲的孩子很容易跟著說，如此便多了參與故事演奏的趣味。對說故事的人也是一大利多，好玩的故事加上容易跟上的節奏，說起故事一定很有成就感。

最後，老婆婆終於找到一處絕對安靜的地方，此處太不可思議，加上「明明很黑，卻讓人眼睛一亮」的圖畫表現，讓讀者也跟著安靜下來，大大鬆了一口氣。故事至此，大小讀者都能得到滿足，好像也跟著老婆婆在黑暗之中共同啜飲一杯講究的熱茶。

什麼？老婆婆離家出走的隨身布袋裡，竟有一整組俄羅斯茶桶和茶具？

這是作者神來一筆的幽默，而這一幕的荒謬竟也異常體貼。畢竟，讀者不分成人或小孩，都有 me time 的需求。在黑暗中獨處的這一幕，多像在祕密基地裡暫時與世隔絕，可以重新調整心情，找到回歸日常的步調。

喝完這杯茶，老婆婆回家了，家中依然有三十個電力飽滿的小孩，孩子們熱情跑向她，歡欣的音量肯定更甚以往，但老婆婆不僅沒再說「別來煩我」，她一句話都沒有說，只是微笑接受這一切。

果然，又愛又氣、又氣又愛，最後還是愛啊。

我們需要無用，就像我們需要空氣。再次引用尤涅斯科的話：「詩、想像與創作的需求，是如呼吸一般的基本需求。」正是在這些被視為多餘的活動裡，在活動所產生的皺褶處，我們才能獲得力量，為一個更美好的世界而思考……甚至消除像鉛塊一樣重壓著我們良知的許多不義，以及許多椎心的不公。

——諾丘·歐丁《無用之用》

手心的溫度

有段時間接連翻譯數本韻文故事，艱難程度屢屢超過我所想像，為了從腦袋裡挖得可用的字，排列出貼近原文韻律的句子，總是點著頭反覆潤稿朗讀，數來寶竹板聲也不覺響起，瀕臨幻聽之境。不過，《讓我牽著你的手》同樣是韻文，也不易翻譯，但文字中的溫度卻使我在譯文時有安定之感。

說有溫度，或許是因牽手一詞一再出現，召喚感受與回憶，令人想起與人牽手時，手心傳來的暖意。從第一頁的文字開始，說是牽手，然而，卻實實在在的牽動讀者的心。第一頁的文字這麼寫：「讓我牽著你的手，陪在你左右。讓我牽著你的手，一起向前走。」

作者行文有恰到好處的韻律之美，不過度誇張成為打油詩，朗讀起來歡快而穩定，例如：「時間怎能浪費？每分每秒都珍貴！讓我牽著你的手，一起感受世界的美。」以及：「當雨下得大又急，我們踏過水窪、濺起水花。當風呼嘯吹過，落葉飛舞，我們盡情追逐。」每一頁都有輕巧躍動的音韻，以及汩汩流動的情意

與承諾。

韻文繪本雖有語言律動的趣味，但很容易只有表面的押韻，卻折損敘事的韻味，不過能將押韻做好已屬難得；馬克‧史柏林在此書中，內外兼及，有豐富的韻味，也嵌入了人生的況味，看似沒有觸及任何議題、哲理、小故事大道理，但無論是幼兒或成人，聽覺與心靈都可以產生平靜且愉悅的共振。

出身德國的繪者布麗塔‧泰肯特拉普的圖畫不僅清爽雅致，也用心布局時序。一開始的畫面是冬季，雪花片片，寒風蕭蕭，配上文字「讓我牽著你的手，陪在你左右」，令這一句普通的承諾更顯溫暖而可貴。緊接著，四季在薄薄的一本圖畫書中依次更迭，由冬入春，經過盛夏，金秋，最後又是隆冬。翻頁之間，四季流轉，始於冬日也止於冬日，故事字裡行間的那股陪伴的情感，溫柔而堅定，彷彿會隨著時光延續下去，歲歲年年。

書中的兩名主角是兩隻老鼠，作者沒有明確設定雙方的性別與關係，繪者也僅畫出一大一小兩隻老鼠，沒有任何來自服裝、配件或體態的暗示，充分呼應作者保留的開放性。因此，這兩隻老鼠可以是父女或母子，也可以是祖孫、夫妻、伴侶或摯友，讀者盡可自由投射。兩隻老鼠攜手走過漫漫長路，晴雨相伴，風霜共度，最後收在「讓我牽著你的手，我們永遠不寂寞。」洋溢著有你有我、人生夫復何求的富足。

人生在世，都有這麼一位想要攜手共度、全心守護的人吧，如果你有這樣一個家人友人、伴侶或孩子，這本書還能當作禮物，年齡不拘，送出手之後最好還能為他們朗讀，當作孩子睡前的固定儀式，用作婚禮的誓詞，甚至向年邁的父母傳達心意，怎麼做都好。因為，你尚未具體說出口也說不盡的關心與承諾，兩隻小老鼠為你演出，也將為你們記錄下手心裡的溫度。

與不同的作者對話，與不同的文本鑑照，可以細膩地反映讀者生命的格局。尤其在深夜的寧靜時刻，捧讀一本陌生的書籍，彷彿是接讀遠方的信息。從另一個時空源源不斷傳來豐富的信息，不僅輕微敲打沉寂的心，也讓尺幅有限的生活燃起新的想像。

　　　　　　——陳芳明《很慢的果子：閱讀與文學批評》

來自世界邊緣

閱讀《燈塔你好》，翻頁時掀起的小小氣流，都是朝讀者吹拂的海風。

故事的第一段這麼寫：「在世界邊緣有個小島，島上礁岩的最高處，聳立著一座燈塔，它一直站在那裡，將光芒照向海洋……」文字如此平實，但是從故事開始之前的書名頁，一連兩頁，讀者注視圖畫中緩緩航向燈塔的船隻，再輔以這段文字，很快就能進入故事之中的遙遠他方。

不只如此，《燈塔你好》全書不含封面與封底，光是內頁就有13個跨頁以相同的構圖畫出完整的燈塔，展開的書如敞開的窗，讀者彷彿真與這座燈塔相鄰而居，日日夜夜透過窗望著它，晴好有時，風強雨大、霧蔽冰封亦有時。重複的構圖讓「窗內」的讀者感到穩定，任時光流動掠過身旁，近似催眠，將人緩緩推向想像的遠方，好像真的在世界的邊緣生活過好一陣子、一輩子，宛如前世記憶重現眼前。

蘇菲・布雷克爾憑藉此書二度拿下美國凱迪克獎金獎，畫功無需

多言，自有她一貫的溫柔和優雅，而大海的表情變化萬千，更是動人心魄。此書好看之處，除了洶湧莫測令人敬畏的海，平靜遼闊令人舒坦的海，還有燈塔外觀及內部的建築結構之美，以及燈塔看守員的工作點滴，和他與家人在燈塔中的生活日常。

日常，這本書特別迷人的氣味正是日常，但並非我們熟悉的日常，而是在世界的邊緣、海之一角、在燈塔還需要人工加注燈油、修剪焦黑燈芯才能順利運作的那個年代，一位燈塔看守員及其家人的日常。

最初是在第二頁，作者首次讓讀者看見燈塔內部，她大膽的以整座燈塔的剖面圖，讓讀者窺見初上任、尚未成家的燈塔看守員，在燈塔內忙上忙下的模樣。有趣的是，創作這本書的緣起，也是作者某次在跳蚤市場看見一張老舊的燈塔剖面圖，進而浮想聯翩，埋首研究，實地探勘，最終才有了這本書。

除了剖面圖的表現手法，關於看守員和家人的種種日常，蘇菲布雷克爾也做了十分特別的畫面布局，書中有許多頁面，在背景底圖上添加大小不一的圓框，框裡呈現屋內的動靜。視覺上，呼應燈塔內部的圓柱結構，同時也像是哆啦A夢「穿透環」的道具效果，讓讀者在燈塔內穿梭無礙，看見更多。

《燈塔你好》真像多寶格，圖文都有太多珍寶隱匿在精巧的設計之中，上述種種之外，書中文字多次出現的「你好！你好！你

好！」也是，初次翻閱難免感到丈二金剛，摸不透發聲者是誰；繪本是重視聽覺的，讀此書不妨朗讀出聲，同時傾聽，如此一來，終能明白那頻頻傳來的問候，是「譯」自燈塔 360 度旋轉散發的光芒，一次又一次，從世界的邊緣，甚至從前世，不遠千里將光明投向你心⋯⋯

你好！

你好！

你好嗎？

隱藏的材料或者說省略的敍述，不會
是廉價且隨心所欲的。敍述者的沉默
必須意味深長，必須對故事的明晰部
分產生顯而易見的影響，沉默的部分
必須讓人感覺得到並且刺激讀者的好
奇、希望和想像。

——馬利歐·巴爾加斯·尤薩《給青年小說家的信》

留白

當風吹來的時候，是一本繪本的書名，光憑字面想像，感覺清風徐徐，相當舒心，實際上並非如此。

英國資深創作者雷蒙・布力格於 1982 年出版的《當風吹來的時候》，說是繪本，卻更像是漫畫或圖像小說，內頁多半以密密麻麻的漫畫分格敘事，描繪英國鄉村一對夫婦平凡瑣碎的日常，偶爾穿插跨頁大圖，竟是敵國在遠方準備的戰事以及逐漸迫近的戰火，張力十足。其中一個滿版的跨頁幾乎全白，僅邊緣有些紅暈，初次翻閱還以為是印刷事故的瑕疵品。不過，這片大膽的留白其實是作者用來表現核爆當下閃現的強光。看似沒有畫，實則已畫滿。

《當風吹來的時候》在我心中有很重要的位置，但我卻不敢輕易重讀。每每為了工作必須重讀，闔上書的當下，我一大叔，頃刻變成電影《第五元素》裡的蜜拉・喬娃維琪，在電腦前以英文字母檢索地球歷史，原本開開心心像是收看「可愛巧虎島」那樣學習，不料卻被那些用以說明 WAR 的影音畫面重擊。掩卷嘆息已

無法平息內心的波濤，必須澈底打掃家裡，想像自己從南極到北極，將這個星球清理乾淨。

另一本《祕密計畫》也有一頁大量的留白，黑色的留白。

《祕密計畫》以擬紀實的手法創作，寫美國於二戰期間研發原子彈的過程。作者不直接提出控訴或省思，反而抽去時間、淡化地名，並不時帶讀者往「祕密基地」外圍去看那些美好的尋常生活與自然風光，主題就在眼前，若即若離，彷彿這個計畫只是一件有點神祕而無害的事。

此書最後，僅止於試爆，並沒有帶到實際投放在廣島、長崎的現場。科學家躲在遠處的地下堡壘，觀察試爆的成效，倒數十秒之後，蕈狀雲一連幾頁隆起，衝向天際，再翻頁，整本書就停留在一片滿版的黑，這是一片溢出書頁的死寂。

只需要一片黑，無需再多言。

我在臉書上介紹此書的前幾日，正好是 8 月 6 日「原爆紀念日」，在臉書動態上也有許多人分享這本剛剛上市的《祕密計畫》，其中有一篇發文記下幾個孩子在繪本書店聽了這個故事之後的疑惑，他們說：「為什麼這麼可怕的日子要變成紀念日？」

白色的留白，黑色的留白，在這兩本書中，都無聲說了重話，也都為讀者騰出思考的空間。好故事從來不給答案，而是讓人不禁

想問「為什麼」。

1945 年的 8 月 6 日，第一顆原子彈投下，日本廣島閃現一道強光，巨大的蕈狀火雲直衝上天，無數平民因此喪生。8 月 9 日，第二顆原子彈投放在長崎，兩次原爆共有約 20 萬人失去性命。這確實不是值得紀念的事，但卻是必須記得的歷史。人類史上多少次以正義之姿、除惡之名所做的事，最後都助長了更大的惡，就像這個「祕密計畫」。

回顧這段歷史，教我最心痛的是什麼，你知道嗎？那顆落在廣島的原子彈，代號名叫，小男孩。

怎麼能讓孩子去做這種事？

故事就像鏡子一樣，幫助我們為來日作好準備，讓我們的心思不再沉迷於黑暗中的事物。

——尼爾 · 蓋曼《煙與鏡》

樹的理想國

孩子愛玩假裝的遊戲，老鷹抓小雞、警察抓小偷、扮家家酒、假裝是爸爸媽媽或是小狗小貓。你也玩過這些吧？我在兒時雖也玩過，但卻獨鍾不需與人互動，也幾乎不必動的類型，諸如假裝是石頭，假裝是山或是海，假裝是樹，多半是非人造之物，被大人帶出去踏青踏浪時，若有無事的片刻，不知不覺就沉浸在這樣的遊戲裡。即使成年乃至中年，仍偶爾這麼做。後來才發覺，說是遊戲，其實也有點像是某種冥想。

讀《成為一棵樹》，第一句「成為一棵樹吧」有如一道預設的催眠指令，令我不禁又投入這個近似冥想的遊戲裡。

此書像一首以微量科普知識為底蘊譜寫而成的輕快抒情曲，作者從樹木茁壯與樹林共生的智慧中汲取靈光，以樹喻人，唱出她對生命的讚頌，以及對人類社會欣欣共榮的期盼。我敢說，作者肯定也是假裝是樹的遊戲高手。

曾經讀過德國前林務員、森林看守人彼得‧渥雷本所寫的《樹的祕密生命》，留下深刻的印象；與樹為伍多年，渥雷本猶如

民族學家，長年在樹族的部落中駐點觀察，通曉樹的語言，洞悉樹的行為模式，將所見所聞都轉譯給人們。讀《成為一棵樹》的時候，不禁想起渥雷本以樹為研究對象的「類民族誌書寫」；果然，作者在此書最後也提及創作靈感曾受《樹的祕密生命》啟發，尤其是森林中的樹會像家人一樣互相照顧，不僅扶老攜幼，還能敦親睦鄰，分享資源，互相通報外在威脅的訊息，原本就喜歡樹的她，深受感動，對樹更加敬愛。

《成為一棵樹》的作者先是將樹與人的形體、構造相比擬，例如前兩頁的文字這麼寫：「成為一棵樹吧！抬頭挺胸，朝太陽伸展你的樹枝。捲起你的樹根，在土壤中盤繞，讓你站得穩。」之後漸漸再將比擬的範圍擴及人際關係與人間關懷，例如：「看看你的四周，你並不孤單。你是眾多樹木中的一棵樹。」以及：「年老的樹會照顧新生的樹，強壯的樹會保護弱小的樹，健康的樹會幫助生病的樹……只要團結在一起，一整片樹林都會強壯起來。」

僅僅是看這幾段文字，也會覺得精神為之一振吧！如風吹過樹林，你不僅聽見了枝葉舞動摩擦的聲音，也接收到樹木捎來的訊息……

怎麼成為一個更好的人？或許可以先學習成為一棵樹。

作者在後記寫下：「如果我們待人處事都像森林中的樹，懂得

保護彼此，不分族群、共享資源，這個世界一定會變得更加美好！」我無法同意更多，這世界果然是樹越多越好，無論是字面意義上的樹，或是隱喻上的都一樣，若人都能像樹，那就「樹界」大同了。

不僅小說的故事情節和人物會使我產生想像，就算是生物學方面的書或是天文學普及讀物，我也常因著文中的一句話，彷彿又聽到祖母的故事。為了證明故事的背景，我回到森林裡去調查，回到土地神話的世界裡去。語言把我從現實中拋出去，放逐到想像的世界中……

——大江健三郎《如何造就小說家如我》

昆蟲書

威廉・布萊克的名句「一沙一世界，一花一天堂」，讓讀者像愛麗絲喝了果汁之後即刻縮小，因為自我最小化了，眼前所見無不巨大，所見都是無限。

讀昆蟲繪本似乎也能得到這般體驗，或許是昆蟲多半纖細，可匍匐於土地，悄聲隱沒，也能攀爬、躍起、飛行，最貼近沙與花，也最能輕巧行旅於世間。

昆蟲繪本多半以蟲族視角重現世界，讀者無論在書中認識昆蟲，或是讀過書後出門踏查、觀察、採集，都得調整平日習慣的速度與觀看的角度、高度和深度，若像秦好史郎《帶我去抓蟲》裡毛躁的弟弟，是無法找到昆蟲的。

書中弟弟纏著哥哥帶他去抓蟲，難掩興奮，快步走過日日上學必經的巷弄，他說：「這裡根本就沒有蟲。」但哥哥卻在路邊草叢發現琉璃珠一般的「雙帶廣螢金花蟲」，不久又在另一株草叢前仰臥下來，葉片背面有更多其他種類的小甲蟲。昆蟲擅長隱身術、偽裝術，在書中、室外尋找昆蟲都像在玩捉迷藏，不僅要張

大眼睛，更要放輕腳步，放慢速度，收斂呼吸。

圖鑑類型的昆蟲繪本也很好看。甲蟲種類繁多，占地球生物數量四分之一，牠們既有一身戰鬥配備，也有美麗的光澤、色彩和圖紋，像是會移動的寶石，《甲蟲之書》簡直就是一本珠寶圖鑑。

除了圖鑑式的作品，昆蟲繪本時常在故事中加入捉迷藏的情節，甚或直接以遊戲為書名，像是《昆蟲捉迷藏》，擬人化的昆蟲依照種類分組玩捉迷藏，在逗趣的情節裡，讀者也能觀察到不同昆蟲的習性或擬態的躲藏高招。《蟲蟲捉迷藏》更以實物照片為主，有系統化的知識含量，也有遊戲書的趣味。

在幾本昆蟲捉迷藏的繪本中，竹節蟲都是一等一的躲藏高手。《昆蟲捉迷藏》故事到了最後，全部的昆蟲都被找出來了，唯獨竹節蟲還在封底躲得妥當；看《蟲蟲捉迷藏》裡的實物照片，竹節蟲確實也是技高一籌。在童詩繪本《蟲之歌》裡，曾獲芥川賞、谷崎潤一郎賞的作家三木卓，還為竹節蟲的擬態功夫摻入幾滴人生況味：

「活在這個世界上，

我們啊，

羞答答的，

不管誰都有過不愉快的回憶！

在偽裝與不偽裝之間，

終於變成現在這個樣子……」

這樣的詩句，即使是大人讀了也會有諸多感觸吧。繪本常被小看，昆蟲也是，但兩者迸發出的小小火花，閃現動人的光芒，就像《帶我去抓蟲》中有一頁，水面的綠胸晏蜓身上折射出耀眼的藍光，抓蟲小跟班弟弟即使已虛累不振，也看得目眩神迷。在那光中，有一個深邃的世界——由微塵眾生為生存奮鬥，展現創意和美，勤謹妝點的世界。

從認識生態的角度讀昆蟲繪本，確實是一條務實的途徑，但這些書有能力喚醒我們遲鈍的感官與覺知，也為我們的世界觀提供新的參照。或者，讓我們看見什麼樣的光芒、什麼樣的天堂。

我們不論在任何情況下都不會停止閱讀虛構故事，因為從中能尋找到賦予生命意義的法則。我們終生都在尋找一個屬於自己的故事，告訴我們為何出生，為何而活。有時我們尋找的是一個廣大無垠的宇宙故事，有時是個人的故事（我們向告解者或心理分析師傾訴，或寫在日記裡的故事），有時我們的個人故事和宇宙故事如出一轍。

——安貝托・艾柯《悠遊小說林》

成為風

繪本裡有許多故事，卻也有不少繪本不講故事，只凝視一景一物，甚如雕塑藝術家新宮晉的《風之星》僅有一陣風，讓讀者化身為風，飛天遁地，天涯海角走一遭。

新宮晉善於利用風或水等自然力量，讓設置在戶外的雕塑作品隨著自然條件的異動不斷變化，展現出各種不同的面貌，保持在未完成的狀態。在自然空間中，所有不請自來的風、水或光，也是每一件作品的共同創作者，而他的繪本作品也同樣少不了風、水或光，1975 年的首作也是經典名作《草莓》如此，其後的《鯨鯊》、《小池塘》或從未有過中文版的《旅行的蝶》與《蜘蛛》盡皆如此。

《風之星》尤其是這樣，視角快轉，光影傾瀉，水面、沙丘和草原的線條流動奔放，一再衝擊、喚醒讀者的感官，更具體意識到自身所處的空間，除了肉眼可見的物體之外，並非空無一物。景物與景物之間的「空」，其實充滿了風，移動的風、靜止的風、高飛的風、低空掠過的風、疾速前進的風、悠然迴旋的風、刺骨

的風、和暖的風……

翻開《風之星》首頁，沒有文字，讀圖之人卻轉瞬置身在深邃的宇宙中，被拋擲到極高極遠，回望地球在眼前隱隱透發微光。這樣的觀看距離，正好足夠讓我們眺望這個星球的全景，感受她的呼吸。

風，就像是地球呼吸的氣息。

翻至第二頁，也是文字開始的第一頁，讀者旋即又從外太空被帶回大氣層內，從這裡開始，透過以「風」為第一人稱敘說：「我是風，在溫暖的光中誕生」，若你願意將自己全然交付給作者，你將幻化為風，暫時脫離肉身的束縛，自由的開啟一段前所未有的旅程。

此頁構圖以魚眼效果俯瞰地面上的花草田園，貌似眼之圖騰，隱含著一個邀請——化作新生之風的你，在旅程開始之前，請打開自然之眼，重新看看我們居住的星球。

新宮晉的平面或立體創作屢屢「翻譯」自然的訊息，讓人們意識到自然的脈動，在小美之中感受到大美。不過，《風之星》不只是「翻譯」，更讓讀者直接成為風，成為這個星球呼吸氣息的一部分，風梭巡天地，出入我們的身體，沒有他我，人我、物我都是一體。

《風之星》在文字描繪的速度和繪圖表現的視角轉換之間，形成非常精彩的節奏感。最初，風像雲朵一樣慢慢晃悠前行，在海上隨著飛躍水面的海豚加速前進，不久又驟然下降，休息片刻後被群樹喚醒，精神一振又再加速飛揚。之後的旅程也是時而和緩飛騰或沉降，時而疾速攀升或俯衝，讓閱讀的過程充滿變奏的趣味。

書到末尾，讀者再度隨圖畫飛升到更遠的外太空，靜靜的、遠遠的凝視深邃宇宙中散發微光的地球。和第一頁以同樣的角度遠眺同樣的星球，水的星球、風的星球、我們的星球，看起來想必不太一樣了。

那是因為你曾經成為風，成為她氣息的一部分，在她的呼吸之間旅行。如今歸來，你已接收到作者翻譯給你的訊息，她仍是她，你已是新的你。

故事最大的好處就是有很寬闊的想像空間。最好的故事就是讓每個讀者都能夠從這裡面看到他自己。

——莫言《盛典：諾貝爾文學獎之旅》

每個人的傳記

《愛心樹》，其實是每一個人的傳記。

要將這麼多人的傳記全寫進同一本書裡，這本書該有多厚？

謝爾·希爾弗斯坦的《愛心樹》已出版超過五十年，這本曾帶給許多人感動的書，讀過的人都知道它的頁數不多，字數也很少，甚至圖畫也是作者一貫的極簡風格，沒有背景，沒有色彩，大量留白。這樣素簡的書，如何將每個人的傳記納入其中？

此書的原文書名是 The Giving Tree，作者要說的非常簡單，就是 give and take 而已，一棵不斷把自己給出去的樹，和一個終生都受惠於樹的男孩。我們一生與人的關係，一層層剝開來看，無非就是 give and take。

大多數的人都和故事中的男孩一樣，曾有人願意為你無條件付出，多半是父母，他們就像是這棵蘋果樹。樹給出的不是身外之物，而是她自己——她的果實，她的枝葉，她的軀體。父母對子女最大的贈與，是他們的青春年華。

血肉換來的青春年華。

在文學和神話中，樹是一個很重要的原型，是人類最常用的象徵符號之一，因為樹能將天空、大地和水三者有機地融合在一起，是生命的具體表現。你生命中的每一位「給愛的人」，就像是吸收水分養活自己再滋養你的樹。他們扎根之處也是你的根、你的故鄉；你羽翼豐盈後高飛出去，他們就站在原處，在天光裡探尋你的身影，在空氣中搜索你的氣味，望你早歸。

當你翻開這本書，如果發覺自己像是那個男孩，則《愛心樹》已為你寫下前半生的傳記。待你年歲增長，甚至有了自己的孩子，再次翻閱這個故事，可能會在那棵不斷給予的樹身上看見自己，同一本《愛心樹》也為你預寫好後半生的傳記。我們一生與人最重要的關係，全都收攏在一本書裡。

當然，人人都能對同一故事有不同的詮釋。儘管深受《愛心樹》感動的人不計其數，但也有意見不同的讀者，他們認為樹太寵溺，男孩太自私，為樹抱不平，甚至認為作者應該讓樹勸導男孩學習自食其力，以免養成索求無度的惡習。讀者的種種解讀或想法都能成立，因為都是出自個人的生命經驗或價值信念，但無可否認的，還有一部份的原因是出於「繪本應當具有教育意義」的期待。然而，故事最珍貴的就是留給讀者空間，當這些教誨悉數寫進故事裡，《愛心樹》的書名恐怕要改為「The Talking Tree」了，碎唸樹，豈不煞風景。

多年前，《愛心樹》初次在臺出版未久，大學社團前輩就將其改編成劇本，我們以戲劇的形式為許多孩子說這個故事。我多次受指派扮演那棵樹，樹的心情，我在好年輕的時候就反覆揣摩，因而漸漸明白，明白書中的留白、大樹欲言又止的留白、那些在無聲歲月中等待的留白，並不全是空白，還有其他更接近「滿」的東西。至於那是什麼？無法問人，你只能自己讀出來。

畢竟，這本書也是你的傳記。

〈輯四〉
地下莖

拾字・繪本占卜

原來是論文啊我還以爲是小說

你看到的每一本書，都是有靈魂的。
這個靈魂，不但是作者的靈魂，也是
曾經讀過這本書，與它一起生活、一
起做夢的人留下來的靈魂。每一本
書，每一次換手接受新的目光凝視書
中的每一頁，它的靈魂就成長了一
次，也茁壯了一次。

——卡洛斯·魯依斯·薩豐《風之影》

拾字

據說在家中遍尋不著某物時，可以呼喊它們，如果它們確實在屋內，不久後就能找到。狗肯定是一喚就來，但我在家中搜索一晚未果的是兩本書，一是工作需要重讀的李歐・李奧尼的繪本《魚就是魚》，另一是撰文可能會引用的任明信的詩集《你沒有更好的命運》。睡前記掛著，夜寐不安，清晨醒後便想來試試這個「偏方」。

我繞著屋內對虛空大喊兩本書名：魚就是魚！魚就是魚！你沒有更好的命運！你沒有更好的命運！魚就是魚！你沒有更好的命運！這兩本書並沒有立刻現蹤，倒是海狗小姐來了，一臉疑惑跟前跟後。

再繼續喊幾聲，實在被海狗小姐愈發吃驚的眼神瞪得心虛，只好停下這個在她眼裡頗為失常的行為，但聲音一中斷，方才喊了好一會兒的兩本書名好似有餘音傳回來，「魚就是魚！你沒有更好的命運！」聽在耳裡，竟像某種天啟。

我喜歡偶爾脫離文章或故事的敘事脈絡，像抽籤詩那樣隨意翻一

頁，看看自己會收到什麼句子，印象中，曾有人在世界閱讀日發起「翻開手邊任一書的第五十五頁第五句」的遊戲，我當時翻到的正好是兩個章節之間的一頁空白，大笑一聲後隨即換一本書，第五十五頁的第五句我已記不精確，約莫是打開水龍頭，原本沒有水流出，但是慢慢也有少許水滴落下……

對於當時在各方面都處於停滯狀態的我，一連抽到空白頁和終究會有水的水龍頭，放在一起解，真有蒙受至高存有眷顧指路之感。

還有一種情況，是作者親身經驗過無常的苦痛，消化、鎮靜後轉化成書中的字句，這些字句，注定要在時間流的下游與某個讀者相遇，宛如預言，早在某人未來的人生靜候他來領受。

楊牧的《下一次假如你去舊金山》是印行成隨身讀本的小選集，靜立在我床邊的書櫥很久了，買回後不曾翻閱，直到我成為海濱的兵，因為輕巧而隨身帶著。

終於有機會將它翻開，讀了才恍然瞭悟，它靜立在床邊的書櫥上，其實不如我所想的沉默，在夢裡或許，它已在枕邊為我朗讀過那些我遲早要走過的人生場景。

那時我初次在東北海濱正面迎擊東北季風，強風快軍突襲，風急浪大，天色鼠灰如北國有雪將至，鬱鬱沉沉的那個清晨，我面對太平洋翻開《下一次假如你去舊金山》，第一篇就寫到太平

洋，接著讀第二篇〈來自雙溪〉，我當時駐紮之地正好就緊鄰雙溪……

不在購得此書的彼時，不在任何未來的時日，而在我如此臨近雙溪的當時，讀了楊牧〈來自雙溪〉懷想故友的字字句句，且以下這些段落寫的竟也是我成為海濱的兵之後回望過去幾年的總結——對死去的友人、就隱喻意義而言不能復生的那些關係、某種形式上也是死去又活來的自己。

* * * * * * * * *

顏死去到現在已經多年，但我時常想到他，而且似乎越來越頻仍，總是無意間，不知道因為甚麼細緻或是幽微的一種警覺，就讓自己記憶的神經撥動……

我不斷努力尋覓的應屬曩昔的確的片段，因為我不敢奢望獲取完整的情節；殘缺的片段也罷，若是它能擺脫所有附帶的蛛絲與塵垢，以原狀對我顯示，縱使我不記得它原狀實在怎樣，我也會因為那隱約的形似而覺安心，並且無怨尤地接受它……

那種短暫，忽然憶及而釋去的感覺，有時令我懷疑到底算不算真的是一種想念。

* * * * * * * * *

我讀著周身震顫，不是因為暑氣遭東北季風的勁道驅散，而是在書頁裡拾得這些字句的時機。好像有一個先我走過風雪的朋友，髮間因殘雪微濕……「你總算也走到這裡了啊！」他藹藹微笑對我說，然後向我張開雙臂。

楊牧書寫年少的自傳體散文集《山風海雨》、《方向歸零》、《昔我往矣》，書名依序正好是我某段人生長路上的三處座標，僅只是書名，我便凝視尋思無數次。楊牧先生 2020 年春天辭世，我得知消息的當下，便從這三本書中各自摘選出一段，為這位曾以文字向我張開雙臂的長者送行，並致上感謝。在書中拾得的這三段文字，又再次讓我感受到一位將生命寫進書裡的作家，如何令一個後來的讀者因為他筆寫我心而滿懷感激。

* * * * * * * * *

-1-

大地又搖了一次，也許沒有，只不過是我的幻覺，我似乎發現了甚麼永恆的端倪。可是我終於明白，許多東西正在快速失去，那淡綠，棕黃和深藍交錯的歲月，一長串蟬聲和蘆花和簷滴和蜻蜓唧尾的日子，都在快速逝去，因為是有一個更大的宇宙，那宇宙以規律運行，將很自然地把我送走，去到另外的地方，說不定去到一個非常遙遠陌生的地方，去探索，追求，創造，不帶任何悔恨……

——《山風海雨》

- 2-

我是要出海了，要隨船外放到一個遙遠的地方。這是多麼感動人的一件事啊，我甚至還不太清楚到底我們的船將航向甚麼地方，當我這樣踽踽獨行，聞到海水動人美好的腥味，心中因為一種未完成的愛念而糾緊，不如意的告別，中斷的夢囈……我這樣踽踽獨行，朝那碼頭方向。是的，方向，我只知道我的方向大略如此，不知道我將去到那一個港口，在那一個海涯岸上的那一個港口──我真的不知道。但我確定我的方向不錯，方向是海洋。

我是要出海了。

請你不要為我悲傷。

我是要出海了現在，現在。

請你不要讓那淚水掉下來，千萬不要。請你就這樣維持著驚訝詫異的樣子，這麼好看的樣子，讓淚水在眼裏湧動就可以了，維持它完整，永遠的張力，然而千萬不要掉下來哦千萬不要掉下來。

──《方向歸零》

- 3-

再見，我說，面向大海的方向，感受著微風穿透乾燥的空氣如何輕輕拂掠過沉睡的小城，舐在我冒汗的額。再見，我說，面向沉默收容我無窮戀慕的連綿，凝固的山峯，透明的林莽懸在高處湧動……我說，再見，仰望高處歷歷可數的樹木，岩石，瀑泉，在透明的空氣裏反光，而他們髣髴也對我細聲說道：再見，你是我們的秘密。

——《昔我往矣》

* * * * * * * * *

貪讀繪本多年，自然也拾得不少長久存放在心底的字句。像是《大海》的尾聲，母女兩人在夜裡踏著銀閃閃的海浪，衣服濕了也不急著回家換，她們依偎坐在月光下，媽媽說：「記住今天晚上。生活應該像這樣。」這麼簡單的句子卻時常在我心中迴盪，偶爾碰上可以脫口說出「生活應該像這樣」的機會，便加倍滿足。

場景同樣在海邊，《再見鵜鶘》中的小男孩被漲潮而來的海水捲走一隻鞋，未料竟能失而復得。爸媽問他在沙灘待了一整個下午都做了些什麼，他沒有提起自己一度丟了鞋子的事，彷彿避重就輕，只說自己學到了潮水的知識：「它們總是來了又走了，然後

會再回來。」潮起潮落並不是多麼深奧的知識，但在故事中讀到，思及生命中來來去去的人事物從來不少，竟又多幾分釋懷。

日本作家寮美千子曾受邀在奈良少年監獄裡開設「詩與繪本」短期課程，讓她決定接下任務的其中一個原因，是獄方負責統籌課程規劃的教育行政人員的企盼——「希望讓他們反覆吟詠簡短美麗的字句，體會那些美麗的話語如海潮漲退般不斷向自己湧來的感覺。這麼一來，他們心中破碎零散的思緒，或許可以慢慢統合成一個完整的故事……看清楚自己的人生。」

國際安徒生大獎 2018 年獲獎作家、《魔女宅急便》作者角野榮子也在受訪中用過類似的比喻，她說每個故事都會擁有像海浪一般的東西，會慢慢地進入我們的體內，只是需要時間的醞釀。

海潮的比喻果然動人，也打動了寮美千子進少年監獄開課，帶一群大男孩讀繪本、讀詩、寫詩。

還有更多繪本中的句子或段落，對我來說確實也如海潮一般，在很短的時間內讀完之後，會一再翻騰回來，拍岸不止……

著作豈止等身的五味太郎，在 1973 年的出道作《道路》中有一句：「濃密的樹林裡，也有道路。」這本概念簡單的書，只是試著向孩童展示各種意義上的道路，並不是雞湯書，但這一句讀來，亦有雞湯之滋補。

凱文・漢克斯的《等待》以窗臺上並排的五個小玩具為主角，「身上有圓點的貓頭鷹等待著月亮。撐著雨傘的小豬等待著雨。拿著風箏的小熊等待著風。雪橇上的小狗等待著雪。身上有星星的兔子，沒有特別在等什麼。他只是喜歡看著窗外，等待著。」此書圖文清淡如水，卻蘊含人生的況味與自在的三昧。

莫莉・卞的《菲菲生氣了，非常非常的生氣》寫盛怒之下衝出家門、走進山林後漸漸平靜下來的女孩：「她看看石頭，看看大樹，又看看羊齒植物。她聽見了鳥叫。菲菲來到了老榆樹下。她往上爬。她感覺到微風輕吹著頭髮，她看著流水和浪花。這個廣大的世界安慰了她。」老師和家長喜歡拿這本書跟孩子談情緒管理，但我相信只要孩子留下一個印象，知道廣大的世界不會拒斥情緒爆炸的自己、廣大的世界可以安慰自己就足矣。

席尼・史密斯的《城市裡的小訪客》敘事者究竟是誰，話語投遞的對象又是誰，讀者無法一眼辨識出來，但這樣的模糊性，反而讓讀者也可以成為接受敘事者話語的對象，同步收到最後那一句「我了解你。你一定會好好的。」

阿尼默的臺語詩繪本《情批》意象飽滿，圖文皆美，其中「雲的目屎，一點一滴，大海攏想欲了解。」無比溫柔，你想，若你是那片多雨的雲，你的淚水都不會白流，你的心事都有人承接，且那人有海一般的胸懷和時間，你盡可娓娓道出你的委屈，確實是無可比擬、最高級的溫柔。

除了在繪本中拾字，開始寫繪本故事之後，我也期待有人在我寫的某個故事中拾得一行字，那行字最好是一片海浪，讀完薄薄一冊書，那片浪就退隱於大海，但是，總會一再翻騰回來，拍打上岸。

一個故事真實與否，取決於聽眾是否相信。

——赫曼・赫塞《在書中發現自己的靈魂：慢讀赫賽》

繪本占卜

繪本也能用來預測運勢嗎？

自 2014 年開始在臉書上建立專頁分享我喜歡的繪本之後，除了一般的介紹或主題性的推薦，雖然不是每日發文，但是也算勤勉，日子久了，總想著還有沒有什麼特別的方式可以玩，免得自己都膩了。

就結構與形式而言，繪本是一本書；若從其本質或是與讀者互動的可能性來看，繪本也可以是一個說故事的人，或相反的，是一個傾聽者、一個樹洞，甚至是一面鏡子、一粒種子、一扇窗或一扇門、哆啦A夢的任意門……作為繪本的讀者和作者，我特別偏愛想像繪本是一張紙條，尺寸是稍大，但薄薄扁扁的確實挺像，同樣也是由一方傳遞訊息給另一方。

某次又想到薄薄扁扁且故事與圖畫皆有訊息可以意會解讀的繪本，也像是一張張塔羅牌。柳田邦男曾說：「繪本裡有靈魂的語言，可以在靈魂的層次上溝通。」確實，令人著迷的繪本中總是不乏人性、詩性與靈性；當時正值新舊年交接之際，豬年將至，

我便找了四本以豬為主角的繪本，風格各異，在「繪本海選」臉書專頁上做了一回半仙。

發布之後，真的有人說好準，也有人說「抽牌」後看到解讀感到目前的生命狀態獲得同理與安慰。收到這些回饋，我也同感安慰，你能想像我有一瞬妄想動念去行天宮命理一級戰區租個小攤做繪本占卜嗎？

因為這一篇發文，後來也有狗衣物品牌「讓我們相吻到永遠」邀稿，讓我有機會以狗繪本再玩一次占卜家家酒。

要怎麼抽牌呢？豬占卜或狗占卜測的都是整體運勢與展望未來的建議，請將注意力放在四本繪本的書名、封面圖畫或色彩，靜心感受片刻，再憑直覺選出最能召喚你情感的那一本。

掃描左邊的 QR code，
可以查看以下繪本封面。

一、豬繪本占卜

1 號書《花媽媽的大紅布》

你非常會替人著想，也善於觀察家人和朋友的需要，總能適時提供協助、付出關懷。你就像故事中的大紅布，讓豬媽媽剪下一塊

又一塊，做成許多不同的東西，溫暖小豬的日常。在新的一年中，如果也能多注意自己內在的需求，多為自己「費心」，就有機會像故事最後的大紅布一樣，在豐富、溫暖了他人生活的同時，也豐富自己的人生。

2 號書《聽說小豬變地瓜了》

你的善良，有時會讓你受到欺侮，就像故事中被大野狼輕易欺騙的小豬；但你的善良，同時也是你最重要的資產，會讓身旁的人因你勇敢起來、為你挺身而出。若你過去曾在人際上吃過悶虧，請別苛責自己「太過善良」，務必繼續保護你最重要的資產。新的一年中，你的身邊依然會有貴人守護（雖然故事中的朋友們有點傻氣，但最終還是迎來圓滿的結局）。

3 號書《聰明豬的指南書》

在過去的一年中，你經歷了不少的挑戰，那些挑戰之所以無法將你擊倒，因為你幾乎不是靠著「小聰明」蒙混過關，你依靠的是自己的心，你的心中有某種信念，有美好的願景，或是非常在乎的人，無論何者，都讓你的心堅韌無比，你不需要指南書，因為你的心就是你的指南針。接下來，仍有許多挑戰在新的一年中等待你──「破關」，每過一關，你都會變得更強一些。

4 號書《豬古力的跨年願望》

你就像故事中的主角容易知足，你很清楚自己想要的是什麼，不會太在意世俗對於成就、成功的標準。雖然偶爾會想要嘗試一點新鮮的事物，但卻不會迷失在物質的誘惑中。接下來的一年，你仍會因為簡單的幸福而感到心滿意足。或許有人會說你胸無大志，但是能夠因為小小的幸福就滿足的綻放笑顏，讓身旁的人覺得耀眼，同樣浸沐在幸福感之中，也是不得了的才能。

二、狗繪本占卜

1 號書 《Ralf》

過去的一年似乎讓你感到加倍辛苦，不見得是工作或生活事務的分量增加，而是你無論做什麼，都覺得自己獲得的肯定相當有限，因而有些無所適從、缺乏成就感。你就像故事中的臘腸狗，不太確定自己的定位與價值，然而，新的一年若能保有初心，將有機會扭轉頹勢一展「長」才（如故事中的狗變得不可思議的長），再度獲得肯定，昂首闊步向前行。

2 號書 《My old pal, Oscar》

你是講義理、重感情的人，無論在家庭或職場，對他人的付出時常不問回報；與其凸顯自己的表現，你更看重人際的和諧、情感

的交流。但職場的同事即便關係再好，也有分道揚鑣之時，家人或朋友也會因生活的異動或不可知、不可抗力的原因，疏遠或分離。別因失落感而怪罪自己不夠努力，生命中的人總是來來去去，你身上帶著愛的磁力，更好的人會靠近你。

3 號書 《I'm My Own Dog》

你比自己想像的更有力量，你不需要別人來定義你是誰，也不必透過別人的肯定，才能得到成就感。你善於自處、很能自得其樂，這些都是難得的天賦；不過，有些事無法只靠自己完成，就像故事中的狗什麼都能自己來，唯獨背上的癢處搔不到。在新的一年裡，不妨試著與人合作，你會發現，生活和工作還有更多的可能性。

4 號書 《It's Only Stanley》

對於自己的工作或是有興趣的事物，你總有自己的看法和堅持，有時，家人、朋友或同事難免不懂你想做的是什麼，甚至不看好你，即便如此，只要專注投入、持續努力，你還是會有所收穫，他們最終也會因為看見你堅持所得到的成果，為你喝采。因此，在即將迎來的新年裡，若你像故事裡的米格魯一樣，聽見來自遠方或內在的召喚，就放手一搏吧！

敍述史詩、寓言故事、浪漫傳奇、荒謬戲劇

等等，雖然採用誇張、荒誕、怪異、離奇的

表現方式，但卻能突顯、暴現人生或人生的

某些層面，幫助讀者或觀眾更加認識人性、

世界、生命的意義。

——吳潛誠《感性定位：文學的想像與介入》

原來是論文啊我還以為是小說

讀繪本《開學了，學校也好緊張》寫一棟有意識、有感受，對自己有期許，對他人有期待的校舍，竟讓我想起多年前未完成的學位論文。

開始寫故事並以繪本形式出版之後的這些年，偶爾有人向我問起靈感、初衷、開始寫故事的契機，連我自己都對這些問題感到好奇，實在是因為沒有可以準確對應的答案。

於是，我也開始回溯自己和故事一路以來曾有過什麼特殊的連結，在幾次訪談中說了一些，但有一段是我從未提起的。十多年前，我曾以《看見課程圖像：課程隱喻之探究》作為博士論文的研究方向，在論文計畫第一頁的研究緣起，直接就說起了故事。

對於這個做法，當時的我難掩興奮，簡直成了破冰起筆的動力，但也不免擔心指導教授會不會認為「原來是論文啊我還以為是小說」，不同意這麼做；因此我還寫了一段堂皇的說明試圖加強一點說服力——「關於本研究的背景、緣起與動機，或許可以從後現代的脈絡、課程研究典範的轉向等處著眼切入；甚至不妨將眼

界放大些，從課程的全球化處境談起。或者先整理出歷年來的相關研究、論述，乃至列舉教室中的實例數則，以裨能呈現有關當前課程研究與實踐的面貌，都是相當負責任的開場方式。但既然本研究之主題既關乎隱喻、又欲探圖像，何必浪費了這其中的想像與詩性的空間。」

接著，我就先把論述放一旁，開始寫故事了。

我將 1970 年左右開始的「課程再概念化」理論學者對行為目標、標準化測驗、量化研究的反思融入故事之中，當年有幾位學者紛紛痛陳僵化的學校課程將死、垂死、已死，其中一位代表學者是施瓦布（J. J. Schwab），我讓他在故事中扮演醫師，而「課程」是受他診斷的瀕死之人。

如今回頭看，這篇「課程寓言」也是故事召喚我的一次深刻經驗，只是我在當下並沒有意識到。

* * * * * * * * *

聽見「將死」這兩個字，相信不需要過人的想像力也能明白，被宣告將死的「此人」，曾經活過。

這是發生在上個世紀六〇年代末期的真實事件，是將近半個世紀之前的往事了。那天的天氣如何，早已經沒有人記得，就好像事發當下究竟是白天或夜晚，實在沒有人敢斷言。倒不是因為數十

年的時間過去了，讓當時在場的人不復記憶，而是事發突然，大家都太過震驚了，是晴是雨、炎熱或寒冷、白天或夜晚這樣的事情，已經放不進他們被悲傷溢滿的心。

總之，就是一個再平凡不過的日子。那天有位名叫 JJ 的老教授，重重嘆了一口氣，宣稱「課程」將死。

「課程」躺在病榻上，氣若游絲，他不知道究竟發生了什麼事，為什麼一覺醒來就被宣判沒多久好活，而自己怎麼也應驗了老教授的診斷，如今只剩下最後一口氣？他隱隱看見身邊圍繞許多放下重要的事奔赴前來為他送行的人，雖然死亡驟然降臨，但他心懷感謝，至少他不像葛列果那個可憐的傢伙，不僅某日醒來莫名其妙變成一隻嚇人的大蟲，家人朋友不但不幫他想想辦法，還隔離他、驅趕他、追打他，最後只能在房間裡孤單死去，斷氣的時候那一粒爛蘋果依舊卡在背上，狼狽到最終。

「課程」很想開口說些什麼，比如感謝，比如道別，但他太虛弱了，試了幾次只能放棄。

身邊雖然沒有人嚎啕大哭，但是啜泣聲此起彼落，漸漸讓他覺得有些心煩。他還來不及在心中抱怨一兩句，不可思議的事便發生了。原本模糊黯淡的視線明亮了起來，但是他眼前所見的，卻不是一直圍繞著他的那些啜泣的人。

「啊！那是我⋯⋯」

「課程」從眼前迅速推移過去的畫面裡看見往日的自己，原來是生前片段的回顧。「那些傳聞真不假。」他心裡這麼想，也確定自己的生命已經懸在死神的指尖上了。

這些畫面很美，甚至透出幽微的金光。他像以往看一部劇情引人入勝的電影那樣，十分專注觀賞，他看見自己的一生，尤其是進到學校裡工作之後，那個認真執行上級交辦事務的自己讓他感到很自豪。除此之外，他看見並聽見過去那麼多年來，那些孩子們的笑臉和銀鈴一般的笑聲。

說到那些可愛的孩子，他也看見每個學期開始，老師將他介紹給孩子們認識的時候，有些孩子滿臉期待、充滿好奇，另外有些孩子面無表情，他知道他們一心盼望著下課鈴響，還有一些孩子，很遺憾地，對他懷有敵意，每次看見這樣令人心寒的神情，「課程」就巴不得自己可以長得更親切、更討人喜歡，甚至在心裡盤算著要如何找機會和這些孩子交交心、成為朋友。

他絞盡腦汁回想，後來究竟和那些第一眼見到他沒有好印象的孩子成為朋友了嗎？

他想不起來。

想不起來也沒關係，這一切畢竟都過去了，「課程」知道自己這一生算是盡力了。況且，大概也沒有幾個孩子畢業、長大，還會記得他。

這麼一想，讓「課程」虛弱跳動的心一陣刺痛：「我到底是怎樣的一個人？死了以後，沒有人會記得我了嗎？總有一些人記得吧？他們會如何記得我？」

身邊那些已經有些惱人的啜泣聲隨著「影片」的播放越來越弱，他漸漸聽到高揚悅耳的歌聲自四面八方穿透進來。

另一件神奇的事也在歌聲中到來。

「影片」已經播放完畢，但他的視線卻沒有隨影片結束又再變得模糊。不只是視覺，「課程」的其他感官也變得敏銳，他深深吸入一口氣，那親切的花香，是巷口那棵他最愛的老緬梔；再吸一口氣，他聞到五公里外海港邊腥鮮的魚貨，隨著海產氣味同時抵達的，還有漲潮時厚實的浪潮聲。

「我是誰？記得我的人將如何記得我？」在浪潮聲中，「課程」沒有忘記這個提問。忽然，潮水拍岸的聲音淡出他的雙耳，他聽見身邊人說話的聲音，但「課程」定神一看，屋裡的人們沒有開口，也沒有交談。

「安息吧！那麼多年，在國家和學校中間當個傳令兵，也夠累的……」這溫柔的聲音來自待他如子的房東太太。

「課程實在是個好人，雖然有點嘮叨。」這聲音聽來像是和「課程」要好的一位同事。

「這麼忠於職責守在學校裡像老狗一樣的人，就這麼走了。」原來，校長也來了。雖然被比喻作老狗似乎不怎麼光彩，但「課程」仍然感到很欣慰，他的努力總算還是被看見了。

「以前都嘲笑他簡直是工廠，反覆做相同的工作，不僅有效率，品質還很穩定，實在很讓人放心。」究竟是誰說了這句話，課程只覺得聲音很熟悉，但左思右想仍不可知。

「像他這樣一個飽學的人真是不多，說他是圖書館也不為過。」他聽見好幾個人同時說出這句話，「課程」感到有些虛榮，他甚至懷疑當時仰臥在床上垂死的自己是不是揚起了下巴？同時，「課程」心想：「我懂的還不只大家聽過的那些哩！只可惜沒機會分享。」

「唉！可憐的人，還記得他說他多想多跟孩子們說說更有趣的事，甚至聽聽孩子們的故事，可惜他只能聽命於人，做他該做的，說他該說的，不能做自己。」

聽見最後的這句話，「課程」好激動，這是老朋友才聽他吐露過的祕密心事。

「是啊，我真想做我自己，但是聽命於人那麼多年，我哪裡還有自己？」

「究竟『我』是誰？是什麼？」

「課程」很著急，人生都要被蓋棺論定了，怎麼會到這緊要關頭，連自己是什麼「樣子」都還不知道。剛才「課程」聽見有人說他是「老狗」是「工廠」，但是他可不想讓人把這樣的字刻在他的墓碑上——「課程，生於 1918 年，卒於 1969 年，我們摯愛的工廠與老狗。」

「老狗？我何嘗不願意是飛鳥是跑馬，讓孩子們乘著我去探索美好的世界？」

「我不要我是一座工廠啊，為什麼不是遊樂場、植物園，或是一個有許願池的小公園也好……」

* * * * * * * * *

後來，以這則寓言開頭的論文計畫過關了，指導教授和口考委員都給了不錯的評價，不過，我並沒有繼續寫下去。大概對於中輟博士學位多少還是有點羞赧，我從未提過自己曾在博士論文中試圖寫故事。雖然論文沒再繼續往下寫，但我在口試後仍是為這則寓言寫了後續的發展，將我在各方課程研究論述中蒐集到的課程隱喻寫進去，打算放在論文的結尾，以故事開始，也以故事收束。

「課程」放聲大喊,希望有人聽見他。

「噢!好痛!」

不知道什麼時候,「課程」向上飄浮,等到他發現的時候,已經一頭撞上天花板。這麼一撞,他才睜開因為激動嘶吼緊閉的雙眼,看見自己身上從前胸到後背都貼附著層層疊疊的紙張,讓他簡直變成一顆球。

他撕起一張紙,上面寫的是「工廠」,再撕一張,還是「工廠」,第三張,還是「工廠」。一連撕了幾張下來,都是一樣的字,好像是有人在暗地裡策劃這場惡作劇,然後等著看笑話。

他更使勁撕,希望趕快把身上這些可笑的紙剝得乾乾淨淨。

「工廠」、「工廠」、「工廠」……

連續撕下十多張,都是工廠。他有點生氣了。再撕下一張,準備揉成紙團丟掉時,發現上面的字不同了,不過他並沒有因此消了氣,因為這次紙上寫的是「老狗」。

接下來,「工廠」和「老狗」反覆出現多次,終於有一張「圖書館」,然後有一張「花園」、「故事」、「旅程」、「對話」、「地下莖」、「遊樂園」、「馬戲團」、「藝術」、「藝廊」、

「游擊隊」、「狂歡節」、「即興演奏」、「水上的字」⋯⋯

「課程」撕下紙張的速度慢了下來，後來紙上寫的字越來越有意思，讓他不禁掉入無邊的想像之中。他不再將撕下來的紙揉成一團丟棄，反而小心翼翼捏在掌心。

一層層剝去身上的紙張後，他發現最後一張紙底下什麼都沒有。

是的，什麼都不剩。連他自己的身軀都不見了。

一層接著一層撕開、剝除，竟然什麼都不剩，像洋蔥一樣。

「課程」驚醒過來，安安穩穩的待在夜裡微濕的土裡，已是田地裡一顆飽滿多汁的洋蔥，沒有病痛，也沒有莫名其妙的死亡宣判。

洋蔥打算再睡一會兒，直到天色亮了再醒來。不，今天洋蔥想要再睡晚一些，就等不遠處那所小學校的鐘聲敲響了再說吧！

＊＊＊＊＊＊＊＊＊

奧罕・帕慕克談起故事時曾說：「好的理論，即使是深深影響我們也能說服我們的理論，終究都是別人的，不是我們自己的。可是一個深深感動我們又能說服我們的好故事，就會變成我們的。」我在把論文當寓言寫的經驗中，實際感受過了。

這樣的觀點，還不只有帕慕克說過。《樹冠上》是我近期讀了最

喜歡的小說之一，除了故事本身好看之外，這本書正好和我的《發光的樹》幾乎同時上市，且都迴盪著樹的低語，有一種奇妙的共時性。理察‧鮑爾斯讓書中的角色說了一句話，同樣肯定故事的力量：「世間最精闢的論點也改變不了人們的心意。只有精彩的故事才辦得到。」與其說是說服力，其實更像是故事令人沉浸在某種程度的實境裡，設身處地的同理、共感，也許還能進一步促成行動與改變。

為什麼要在論文中寫故事？若要我誠實說，最初不免有增加字數並暫時逃避艱難論述的動機。不過，書寫的過程非常興奮，有些理論的觀點也逐漸明晰，寫著寫著，竟有種寫論文真快樂的錯覺，其實，真正讓我感到快樂的是寫故事啊。

附 錄

附錄一：筆訪一篇

Q1：最初是怎麼走上繪本創作這條路的呢？過往創作的都是什麼樣類型的作品？

我在大學時很投入校際服務社團，會去偏鄉學校或育幼院辦營隊，活動結束後，只要有小朋友寫信給我，我常常會寫一個小故事或笑話，配上一些簡單的圖，當作回信裡的驚喜；後來我想，我好像從那時開始就因為喜歡繪本，不知不覺開啟了類似創作的行為，只是當時並不自覺。

在兒童產業工作的那幾年，必須配合公司的取向，和同事一起撰寫「品格故事」，但我很不喜歡故事變成說教，所以一定會想辦法在那個框架中，盡可能寫出實際在故事活動中能讓孩子感到驚奇、逗孩子開心的故事。那段時間寫了不少故事，好像也打開了「想要繼續寫故事」的開關。

開始創作繪本之後，從《花地藏》、《媽媽是一朵雲》到《小石頭的歌》，幾乎都和生命有關，喜歡這些書的讀者從幼兒到熟齡都有，常有人說我的故事「很好哭」，雖然他們會補充說這是讚

美，但我最開心還是有讀者不只被故事感動，還能在裡面找到一些「笑點」。未來我一定要寫出很好笑的故事，雖然個性使然，難度似乎頗高，但我是絕對不會放棄的。

《我們一起玩好嗎？》是新加坡的創作者 Joseph Lee 先有了圖和故事概念，我才加入把概念鋪展成敘事完整的故事，因此，和我其他先有文字後才有圖的書很不一樣，希望讀者有機會可以比較看看。

Q2：真好奇新書《發光的樹》的靈感來源以及創作過程，請透露一些小祕辛給讀者吧！

會開始寫這個故事，最初是「發光的樹」這個意象浮現出來，樹好像有話要說，我就試著去「聽」，說起來很神奇，但是差不多就是這樣寫出來的。

我當時在一家咖啡店裡寫下這個故事，寫到一半忽然湧出眼淚，完全忍不住，只好躲去廁所讓情緒釋放一下。那時候雖然對自己被剛寫下的故事觸動覺得很開心，自覺似乎是寫出不錯的東西，但立刻又在心裡喊了一聲「可惡」，因為這個故事肯定不是個好笑的故事，真的，一點都不好笑。

不過，在故事初稿完成一直到出版的這 30 個月之間，我不時會

打開檔案重讀，期待著讀者讀完這個故事後，或許會想起某些幸福的時刻而露出安慰的微笑，即使嘴角只有上揚五度角也好，我希望可以做到這樣（拜託大家笑一下嘛）。

雖然《發光的樹》才出版不久，但陸續也收到了幾位手刀預購的讀者回饋，他們表示書中的樹的提問，以及繪者貓魚將許多人們、動物的幸福瞬間定格畫出來，都讓他們不經意想起自己早就淡忘的回憶片段，或是生活中的芝麻小事，發現能讓自己幸福到發光的事似乎不少。我想，他們的嘴角應該都有上揚超過五度角吧。

Q3：寫故事的過程中，有沒有受到哪些經典繪本或是童書作家的影響或啟發？

這個問題很有趣，我真的認真思考了很久，但都朦朦朧朧的，很難具體指認出受到某本書或某個人影響或啟發。不過，以《發光的樹》來說，我寫完這個故事之後，忽然發現，這個故事的核心想法，竟然呼應了我很喜歡的葡萄牙作家佩索亞的一句詩——「你不快樂的每一天都不是你的」（Each day you didn't enjoy wasn't yours），最後就請編輯將這一行詩句放在封底。

至於這棵樹的意象，說不定和《強強的月亮》中那棵讓小男孩可以爬上去摘下月亮的樹（那棵樹同時也因靠近月亮而發光），以

及《魔奇魔奇樹》或《緋紅樹》最後的「發光的樹」有一點遙遠的連結吧？我以前讀這幾本書，就非常喜歡樹發光的模樣，或許當時就埋下了什麼種子，到現在終於長出我自己的發光的樹。

Q4：世界上好看的繪本多如繁星，能夠稱上「經典」需要具備哪些條件呢？請推薦五本心中最愛的經典書給大家。

經典或許像小說《華氏 451 度》中描述的那樣，某些書雖然已經不在市面上，但一定會被某些人珍惜的記在心裡，甚至可以讓人因為讀了書中的一句話、一個段落，對習以為常的世界和生活，產生新的觀點。

另外，經典也要有相當的「年紀」吧，我暫且以自己的年紀當作基準，推薦五本原文初版年份在我出生之前的作品，分別是 1956 年的《好髒的哈利》，1961 年的《再見鵜鶘》，1967 年的《田鼠阿佛》，1975 年的《草莓》，1976 年的 Elefanteneinmaleins（暫譯《大象數數》）。前面四本都不難取得，我就不多說，每一本都值得細細品味、一再重讀，即使《好髒的哈利》看起來是單純可愛的故事，重讀多次也不會失去樂趣。

最後那本《大象數數》的作者是出身德國的 Helme Heine，這本書是他的繪本首作，我是在大約十年前，搜尋生死相關的主題作

品時，才發現這一本書。故事非常簡單，只是寫大象每天數自己的糞球，從小象的時候就開始數，每天數，數到變成大象、變成老象。故事看起來很有童趣，甚至有點無厘頭，但卻能舉重若輕的化解生與死的對立，給人一種超脫的觀點。

這本書無論主題或繪圖風格，應該都不是市場上討喜的作品，大概很難在臺灣出版，不過，我真的非常喜歡，也曾在「故事休息站」的 Podcast 節目中介紹這本書，有興趣的讀者可以去收聽那一集（第 19 集）。

Q5：如果可以和任何一位繪本大師共享下午茶，最想邀請誰？聊些什麼內容？

我很慢熟，也不擅長和人長時間相處、閒聊，大師光芒萬丈，如果和他們同桌喝下午茶，我可能會因為太緊張而打翻茶、打破茶杯，還是默默在遠方閱讀大師的作品、自己自在享用下午茶就好。比起大師，我更想要想像自己可以和繪本裡的「大獅」喝下午茶。這些「大獅」分別來自《像我這樣的一隻獅子》、《恐怖的頭髮》、《飛天獅子》、《獅子與鳥》和《雪獅》，我沒有特別想聊的話題，但是牠們應該還有更多故事沒能被寫進書中，我只想多聽牠們說，希望喝完了下午茶，我也能寫出好看的「大獅」故事。

Q6：最想推薦給這個世代的孩子什麼樣的書？

我最想推薦那些不迴避人生的難題、生命的陰暗面，但是同時又能帶來希望的書，故事最好還能有幽默感，如果圖畫中也有幽默的元素或小細節就更好了。例如 2020 年獲得林格倫紀念大獎的南韓作者白希那的作品就有這樣的特質，我特別推薦她的《魔法糖果》和《奇怪的媽媽》。幽默感雖然未必能帶給讀者具體的幫助、巨大的希望，至少可以讓人不會感到那麼絕望。

我希望我寫的故事，也能盡可能的接近這個目標。

注：本文係《發光的樹》出版後，受博客來網路書店筆訪的問答。

附錄二：繪本創作者的日常小劇場

在校園裡「與作家有約」的活動中，孩子們聽了童書或繪本作家親自說故事之後，幾個最常提出來的問題中，關切「故事靈感」的頻率肯定名列第一，緊追在後的還有「為什麼想要當作家」、「怎麼樣才能成為一個作家」等等連作家本人可能都不一定有答案的問題。

再仔細一點的問題，像是「為什麼主角是狗不是貓」、「這本書寫／畫多久」、「這個故事是真的嗎」……等等。有時候，與孩子們對答之間，幸運的話，可以藉機了解讀者的實際感受，更幸運的話，可能還會有新的靈感乍現。

孩子們好奇的問題，在《書怎麼做出來的：故事怎麼寫、插圖畫什麼？完整公開一本書的誕生過程！》都可以找到解答，不過，這本書不僅是問 A 答 B，讀者還可以一窺作家和插畫家創作時所經歷的點點滴滴。

全書第一句果然就回應了小讀者最好奇的問題：「作家會在意想不到的時刻，得到寫書的靈感。」我與楊文正合作的《花地藏》

就是這樣。有好幾年的時間，我很著迷畫小地藏（或是介於地藏與復活島石像的石頭人），某次不小心將墨水滴在石像的胸口上，那片汙漬在我看來像是一個深深的破洞，我想像著風沙帶來種子，隨著時間流逝，應該會有什麼變化吧，想著想著，便在墨漬上畫了一朵花。

這張圖，後來發展成為《花地藏》的故事，書中有兩句話，就是當時與那張「原以為畫壞的圖」一起萌發出來的想法：

「小地藏胸口的洞沒有人補，也許從來沒有人注意到，那裡有個洞。」

「風帶來沙子，也帶來種子。洞沒有被填滿，卻開出一朵花」。

《書怎麼做出來的》主要分為兩大部分，第一個篇章是「作家都在做什麼」，書中以兩位作家作為對照，一位是純文字作者，另一位是能寫也能畫的圖文創作者。他們因為同一事件，萌生創作的靈感，但即使靈感來源相同，養狗的一方與養貓的一方，切入點截然不同。養狗的作家以「狗追貓」為故事起頭，這確實也是那場「靈感事件」的肇因；但是養貓的作家幾經修改，則是以「這隻貓喜歡追狗」展開故事。

第二個篇章是「插畫家都在做什麼」，同樣安排了兩位插畫家，對照出不同的創作思維和工作模式，其中一位插畫家本身也是作家，可以直接調整故事，這樣的設定，又讓讀者看到創作過程的

更多可能性。這兩位插畫家都選擇重新詮釋經典童話《傑克與魔豆》，他們忙著投入工作，把各自的貓狗支開，貓和狗在走廊上碰見了，互相發牢騷、交換消息，知道自家的傻人類都要畫《傑克與魔豆》，還一度為他們擔心。

不過，面對相同的題材，兩位創作者絕對不可能畫出一模一樣的作品；看著雙方的《傑克與魔豆》一步步發展，愈來愈有各自的特色，十分有趣。只會寫字不會畫圖的我，旁觀整段歷程，愈發覺得插畫家腦中的宇宙真的很神奇。

我也曾經陷入與他人「撞題材」的憂慮。寫完《媽媽是一朵雲》後隔了一段時間，編輯工作已在進行中，我因為發現其他繪本早就用了雲朵幻化為思念之人的意象，感到很不安心，擔憂自己的故事沒有新意，但是總編輯對故事還是有信心，表示重點不僅僅在雲的意象，還有這個意象如何喚起讀者共鳴、如何寫出思念或心領神會的餘韻。

後來，看了繪者林小杯為這個故事加上的圖，我又加倍心安，也被圖畫中流露的情感再次觸動，比先前單純看文字更加感動。小杯在書中畫的雲不只是思念對象的具象化，有時更是故事情節的暗示；雲也不是我呆板想像中的白雲，而是由冷色調漸漸轉為暖色調、以色彩道出情感的雲彩。

作家、插畫家的創作歷程，就算要消耗數月甚至數年，都還只是

「成書」的初期工作，即便看起來已然走過千山萬水，其實只走到半路而已；在《書怎麼做出來的》中也呈現出之後包含投稿、退稿、修改、和編輯討論、修改、美術設計、修改、字型選擇、印刷裝幀等流程（重複多次「修改」並非誤植）。雖然是篇幅有限的繪本，卻能鉅細靡遺而不瑣碎無趣的轉述給讀者知道，真是不容易。

只寫創作、編輯、設計、製作過程的種種細節難免稍嫌枯燥，此書以漫畫的格式與敘事表現，讓節奏顯得輕快，書中也安排了作家、插畫家的狗和貓串場，敦厚的狗和精明的貓，不時搶鏡發表觀察與評論，時而天真時而精闢，也適時提出讀者可能想進一步追探的問題，滿足讀者的疑惑和好奇。總之，牠們像極了毛茸茸的主持人，分寸得宜的引言、接話、製造笑點、炒熱氣氛，讀者透過牠們的對話和拋出的問題，甚至可以跟著思考故事情節和構圖角度的取捨，多了幾分參與感。

翻譯《書怎麼做出來的》的當時，我已和不同畫家合作出版了三本繪本，琢磨翻譯語氣和用字的時候，必須慢讀、深讀，很像是跟著書中的創作者慢慢走過創作的漫漫長路，也因為自己有類似的經歷，感受特別深刻，和書中的角色就像是一起談創作、出版的同行友人，開心時同聲喝采，挫折時互相取暖。

此書出版後，出版社希望我以創作者的角度和讀者談談它，我因此有機會再次回想不太容易的繪本創作與製作過程，故事之外的

故事其實還有許多，我相信，這本書不僅適合好奇作家、插畫家工作的小讀者，也很適合投入繪本工作的創作者。

這條路這麼長、這麼難走，但是沿途風光很不錯，我們種下的故事種子也有可能會在許多意想不到的地方、不同的人心中發芽、成樹成林，雖因風雨折損或久旱乾枯也是有的，還是值得繼續走下去吧。

注：本文係受小麥田出版之邀，為介紹《書怎麼做出來的：故事怎麼寫、插圖畫什麼？完整公開一本書的誕生過程！》所作，原刊載於 OKAPI 閱讀生活誌，微幅調整後收錄於本書。

附錄三：全年 52 週的繪本溫補配方

我是在成年後才發現繪本，如探險家發現新物種那樣驚喜，一試成主顧，一路以來受到繪本許多滋養和看顧。這幾年時常受託為孩子推薦繪本，雖也曾為家長和教師寫了一本選書工具書，但仍是以親子共讀、課程設計參考的目標而為。

我想慎重為大人推薦繪本。

大人讀繪本有什麼用處呢？大概是無用，但是無用不代表不值得。我不打算在此鼓吹繪本為何值得大人花時間讀，僅借用王定國在短篇小說集《誰在暗中眨眼睛》中的一段：「比起哲學的曠遠無邊，如今她寧選一爐馨香近在眼前，自己聞到了，周遭的人也感受了，簡單地活著也很好呀，小小的溫暖有時也會跟著好心情燃燒起來。」繪本就是這一縷細小的馨香。

剛開始接觸繪本的大人，或是已與孩子共讀一段時間之後，也想選書為自己說故事的大人，不妨將這份清單當作起點。以下選出的繪本有故事，有詩，有詩意的科普作品，也有無字書；創作者來自多國，繪圖風格也很多樣，共有 52 本，一週選讀一本的

話，正好是一年。

使用方法：

一、順序自訂

沒有一定的順序，請隨機選讀，我也沒有任何建議的順序，並且，亦不提供任何內容簡介（建議各位也別先上網查看），僅從書中摘出一句，請單純看書名與摘句，依著自己當下的感受決定即可。如果這麼做對你來說反而困難，那麼就照書單順序讀也沒關係。

二、記得看圖

閱讀時，請別忘了看圖，這個提醒看起來像是廢話，都把書翻開來讀完了怎麼會忘了看圖？不過，大人時常急著看文字了解故事的發展，通常看完字就翻頁繼續往下讀，圖畫僅是餘光掃過。

三、朗讀出聲

第一次可以先以一般的方式閱讀，文字和圖畫都仔細感受過了以後，還可以朗讀出來給自己聽，像是有人說故事給你聽（而且此人不會假借說故事對你說教），安心沉浸在故事中。朗讀時不必做戲劇化的聲音變化，以故事角色可能會有的情緒讀出來即可。

52 本推薦繪本如下，依書名的筆劃排列：

《100 顆種子》—伊莎貝・明霍斯・馬汀＆河野雅拉，小魯出版
「並非所有的種子都落在適合的土地上。」

《Home》—林廉恩，巴巴文化出版
「最後我們還是回到出發的地方。」

《小雲朵》—安・布斯＆莎拉・瑪西尼，小熊出版
「下過雨之後，藍天被刷洗得潔淨、光亮，鳥兒在歌唱。」

《小歌手與玫瑰花》—劉清彥＆唐唐，親子天下出版
「他喜歡唱歌，卻不想再表演了。」

《五百羅漢交通平安》—劉旭恭，親子天下出版
「真的是長大了啊——」

《什麼都沒有王國》—羅納德・沃門＆狄倫・休威特，字畝出版
「那裡完全是空的。」

《公園裡有一首詩》—米夏・亞齊，米奇巴克出版
「當清晨的露珠閃閃發光，對我來說，那就是詩。」

《反正都可以到嘛！》—張筱琦，遠流出版
「下大雨了，好想趕快回家！」

《天亮了，開窗囉！》—荒井良二，遠流出版
「你家那邊的天氣好嗎？」

《田鼠阿佛》—李歐・李奧尼，上誼出版
「我在爲寒冷、陰暗的冬天收集陽光。」

《世界上最美的聲音》—吳欣芷，拾光出版
「他愈努力尋找就愈困惑。」

《世界第一的草莓》—林木林＆庄野菜穗子，拾光出版
「我曾經遠遠的看過它，就那麼一次而已。」

《奶奶臉上的皺紋》—西蒙娜・希洛羅，三民書局出版
「我就是把回憶保存在這些皺紋裡！」

《再見的練習》—林小杯，是路出版
「幫忙讓她重新張開眼睛。」

《如果你想蓋樹屋》—卡特・希金斯＆艾米莉・休斯，剛好出版
「首先，你需要……耐心等待並抬頭仰望。」

《你很重要》—克里斯汀・羅賓遜，小麥田出版
「就算有些事你也無能爲力。」

《坐在世界的一角》—布蘭登・溫佐，拾光出版
「這就是它的樣子。」

《完美小孩》—艾可菲＆馬修莫德，格林文化出版
「他很乖，讓所有人印象深刻。」

《忘記親一下》—幾米，大塊文化出版
「想念風的時候，我就跑進風裡。想念雨的時候，我就走進
雨中。」

《快樂王子》
—奧斯卡・王爾德＆梅希・派樂地・薛林，聯經出版
「苦難，是世上最大的謎團。」

《我吃拉麵的時候》—長谷川義史，遠流出版
「風吹了過來……」

《我的小車輪》—賽巴斯提安・佩隆，三民書局出版
「我有點害怕，但我還是直直的看著正前方。」

《我是貓》—嘉麗雅・伯恩斯坦，時報出版
「我們有很多共同點。」

《走進生命花園》
—提利・勒南＆奧立維・塔列克，米奇巴克出版
「孩子坐在他的島上，一邊看著這個世界，一邊思考。」

《河流》—莫妮卡・法斯那維奇涅，維京國際出版
「河流為我們的世界繡出美麗的圖案，將不同的故事縫在一
　起……」

《注音練習》—林儀＆薛慧瑩，親子時堂出版
「所以ㄊ是他不是她，她要被跳過，她要幫忙貼補家用。」

《狐狸與樹》—陳彥伶，東方出版
「快來我的樹洞裡避避雨！」

《青蛙出門去》—高畠那生，道聲出版
「一拉開窗簾，就看見外頭下著傾盆大雨。」

《飛天獅子》—佐野洋子，步步出版
「今天我想睡午覺。」

《害怕受傷的心》—奧立佛・傑法，格林文化出版
「她決定把心放在一個安全的地方，暫時收起來。」

《烏鴉郵局》—稻繼桂＆向井長政，小魯出版
「有包裹來了喔。」

《草莓》—新宮晉，星月書房出版
「草莓的風景無限。」

《逃離吧！腳就是用來跑的》—吉竹伸介，親子天下出版
「你可以為了改變自己而移動；也可以為了不改變自己而移動。」

《寂寞的大狗》—奈良美智，三采文化出版
「小女孩對著我唱了好多首歌。」

《從前有一棵小樹》—羅倫‧隆，布克文化出版
「現在你應該要放開你的葉子了！」

《從前從前，火車來到小島》—黃一文，星月書房出版
「現在，每個人可以自由談天、唱歌，做各種喜歡的事情。」

《情批》—阿尼默，大塊文化出版
「阮想欲予你看著我的心腹闊有坦白的靈魂。」

《雪橇屋》—夏綠蒂‧勒梅爾，小典藏出版
「他們帶著屋子一起旅行，又怎麼會找不到回家的路呢？」

《尋找祕境》—陳又凌，小天下出版
「我一定要找到眞正的祕境！」

《悲傷，讓我抱抱你》—艾娃・伊蘭，水滴文化出版
「安靜地坐在一起，直到時間慢慢過去。」

《森林照相館》—李時遠，青林出版
「我也想拍家族相片。」

《無所事事的美好一天》—碧翠絲・阿雷馬娜，阿布拉出版
「蘑菇的氣味讓我想起爺爺家的地下室……」

《發光的樹》—海狗房東＆貓魚，維京國際出版
「那一天，就是他們的天堂。」

《超級烏龜》—俞雪花，三之三出版
「他看起來就像老了一千歲。」

《新朋友》—夏洛特・佐羅托＆班傑明・修德，米奇巴克出版
「我曾經有一個最要好的朋友。」

《爺爺的天堂島》—班傑・戴維斯，采實文化出版
「旅程似乎漫長了許多。」

《當你長大的時候》─湯本香樹實＆秦好史郎，維京國際出版
「僅有一回的今天即將開始。」

《路邊的小花》─強亞諾羅森＆席尼史密斯，格林文化出版
（無字書）

《翠翠掉下去了》─科瑞・R・塔博，三民書局出版
「我有翅膀啊！」

《影子裡的大象》─娜汀・侯貝＆瓦勒里奧・維達利，尖端出版
「我只是想坐在這裡休息一下。」

《遺失的靈魂》
─奧爾嘉・朵卡荻＆尤安娜・康哲友，大塊文化出版
「靈魂移動的速度比身體緩慢許多。」

《魔法糖果》─白希那，維京國際出版
「聲音越來越清楚了。」

後記

人至中年，沒能讀完的書越來越多，即使書籤停留在某一頁從此不再前進，已不那麼在意，關於人與人之間能彼此「讀到最後」的亦有限，也都隨緣了。繪本因而更顯可貴，篇幅不長，話不多，很快就能讀到最後，你可一遍又一遍重讀，不特別費力耗時，也不膩，像可以長久的至淡至親之交。

我很慶幸能夠與繪本為友、以繪本為業。

年少時，曾有一位中醫師為我把脈看診後，斷言我只能活到四十歲，不多不少，就是四十。我一度以為誤闖進算命館，他似乎頗能讀心，見我反應冷淡，又補充說：「不要不信，我很準。」並強調自己不常透露天機，預言每出必中。

他沒有順勢拿出什麼延年益壽的丹藥，看來並非為了推銷；走出診所，同行的友人試圖說些安慰的話，要我別太擔心，但我絲毫不擔心，當時覺得就算他是真準，這歲數也夠了。

四十歲生日那天清晨醒來，呼吸心跳皆正常，物質性的肉身亦無

法穿牆而過。還沒死，還活著。賺到了，接下來每過一天就多賺一天。不過，在那一刻卻也對活著起了貪念，因為已交給畫家繪圖的兩個故事（花地藏、媽媽是一朵雲）尚未付梓出來。

寫故事，尤其以繪本的形式，是學生時代便動念想做的事，兜了好大一圈，總算快要抵達，隱隱約約看到目標已在不遠處，要活下去才可以。

從《花地藏》、《我們一起玩好嗎》、《媽媽是一朵雲》、《小石頭的歌》、《發光的樹》、《他們的眼睛》，到最新兩本臺文幼兒繪本《阿媽的果子園》與《佮阿公踅菜市仔》，我多活了八個故事的長度，感謝天，感謝一起製作這些書的畫家和編輯們讓這些故事活起來；感謝讀者，故事必得經過讀者的手、留在讀者的心，才能一直活下去。

也等雨停也在雨中行

有故事相伴的日常小劇場，海狗房東的繪本生活札記

作　　　者／海狗房東
美 術 編 輯／孤獨船長工作室
責 任 編 輯／許典春
企畫選書人／賈俊國

總　編　輯／賈俊國
副總編輯／蘇士尹
編　　　輯／高懿萩
行 銷 企 畫／張莉滎・蕭羽猜・黃欣

發　行　人／何飛鵬
法 律 顧 問／元禾法律事務所王子文律師
出　　　版／布克文化出版事業部
　　　　　　臺北市中山區民生東路二段 141 號 8 樓
　　　　　　電話：(02)2500-7008 傳真：(02)2502-7676
　　　　　　Email：sbooker.service@cite.com.tw
發　　　行／英屬蓋曼群島商家庭傳媒股份有限公司城邦分公司
　　　　　　臺北市中山區民生東路二段 141 號 2 樓
　　　　　　書虫客服服務專線：(02)2500-7718；2500-7719
　　　　　　24 小時傳真專線：(02)2500-1990；2500-1991
　　　　　　劃撥帳號：19863813；戶名：書虫股份有限公司
　　　　　　讀者服務信箱：service@readingclub.com.tw
香港發行所／城邦（香港）出版集團有限公司
　　　　　　香港灣仔駱克道 193 號東超商業中心 1 樓
　　　　　　電話：+852-2508-6231 傳真：+852-2578-9337
　　　　　　Email：hkcite@biznetvigator.com
馬新發行所／城邦（馬新）出版集團 Cité（M）Sdn.Bhd.
　　　　　　41，JalanRadinAnum，BandarBaruSriPetaling，
　　　　　　57000KualaLumpur，Malaysia
　　　　　　電話：+603-9057-8822 傳真：+603-9057-6622
　　　　　　Email：cite@cite.com.my
印　　　刷／韋懋實業有限公司
初　　　版／2022 年 12 月
定　　　價／380 元
ＩＳＢＮ／978-626-7126-89-9
ＥＩＳＢＮ／9786267126875（EPUB）

城邦讀書花園
www.cite.com.tw　布克文化 www.SBOOKER.COM.TW